三日月

三日月

輕世代
FW013
笭菁 著
白冬 繪
出包
魔法使
幻界的神祕少女
3

出包魔法使 3

目錄

出包魔法使

人物設定

維爾

性格：背負著過去魔法世界的歷史，與半龍少女卡娥絲潛居在人類世界的前代「喚龍」，外表看似溫和理性，實則性格中帶著極端執拗的一面，對最在乎的人、事、物投注全部心力。

技能：

最喜歡的：尚未遇見

最討厭的：尚未出現

月漓

性格：極度依賴月兒的黑兔子，為了追隨月兒，接受夏洛克的條件與艾比共用身軀，轉化成人類，帶點孩子氣的任性與天真，愛惡分明。

技能：雷擊

最喜歡的：月兒

最討厭的：冬司

楔子

入夜後不久，就是晚飯時間。

然而坐在餐桌旁的我就算拿起筷子，也沒有任何食慾。

我環顧四周，世音她們並沒有出現，艾絲也沒有看見到……這是理所當然的吧！

在那之後，在她……在艾比消失之後，艾絲到現在都還沒有醒過來。

此刻出現在這裡的，就只有流馬和獨自坐在遠處的卡娥絲。

我望著坐在旁邊的流馬，對他仍然可以和不知情的同學們嘻笑、吵鬧感到不解，為什麼他還可以這樣玩樂？可以就這樣把一切事情都當作沒有發生過？

她可是死掉了啊……艾比……有個「魔法生物」在我們面前死去、消失了啊……

「冬司？沒有胃口嗎？」大概是留意到我的神情，流馬轉向我詢問。

而面對這種問題，我實在說不出話來……應該說，他問這種問題是想幹嘛？

總之，我啞口無言，只是一直望著他。

「還在想剛剛的事嗎？」流馬收斂了神色，深深望著我。

我沒有回應他，就這樣站了起來，往食堂門口走去。

有些事實在不適合這裡說出來。

所以，我選擇了離開這個熱鬧的地方。

我逕自向著房間走去，等回過神來，才發現自己又來到了海邊。

天氣算比以往好一點。
然而，不知道是不是那些雲層還未完全退去的關係，天空頗為灰暗。
沙地上，昨日的戰鬥痕跡依然健在。
我想起了昨日的那些紅雷，仍不敢相信月兒她居然有這種力量。
昨日，她那道連心裡也能夠聽到的聲線太過激昂，直到現在，我還有被她所震懾著的感覺。
我深深吸了口氣，帶鹹味的海風迎面而來令人感到一陣涼快，心裡，也有了一點暢快的感覺……
「咦？」恍惚間，我看到了艾絲就站在岸邊。
而且，她手上還拿著艾比的遺物——她穿過的那套泳裝。
我一直留意著她，原本還以為她會一直在那裡動也不動，可沒想到下一刻，她卻往海中走去，而且愈走愈遠！
「艾絲！」我立刻追了上去。
她大概聽到我的話，略微停下了腳步，神色有些茫然地回頭看著我。
「妳在幹什麼？」我追著她跑進海裡。
此時，水深已經到我的胸口了，我只能費力地划水游到她身邊，忍不住喘了幾口氣。

「冬司同學……」

「是的？」

「我……我昨日到底做過什麼的事？」捧著那件泳裝，她茫然地望著我，「為什麼？這件衣服會那麼熟悉？」

我望著那件泳裝，整個人一瞬間呆住了！

難道……這就是所謂的死亡嗎？

在魔法生物死後，所有關於她們的記憶會消除嗎？她的事、她的目的甚至就連她的願望都會被所有人忘得一乾二淨，包括操同使在內是嗎？

「在那裡是不是會有等著我的人出現？冬司同學？」艾絲茫然地望著我片刻，轉身就想要繼續往海中走去。

「夠了……」回過神來的我，立刻抓著她的手臂。

我這才留意到她那雙沒有戴上有色隱形眼鏡的緋色眼眸，紅得很厲害，甚至連眼皮都染上了一層紅色。

「快放開我！那裡可能會有等著我的人啊！」艾絲掙扎著要甩開我的手。

「那裡並沒有等著妳的人！那裡……只有海而已。」我艱澀地大吼。

她靜下來了，泫然欲泣地望著我，「我……我昨日是不是做了一件很過分的事？」

「沒有。」我立即回答了她。

這是我第一次直接把謊話說出來。因為我不知道怎樣把事實告訴她，也不知道怎樣安慰她，因為，她已經遺忘了艾比的存在了……

「為什麼……為什麼我會覺得好像有某個人離開了我？為什麼我覺得自己好像對你們做了件很過分的事？冬司同學，告訴我好嗎？」

「根本就沒有發生過任何事。」我再次說了謊。

這純粹是為了她好，畢竟如果連她也跟著因此自殺的話，那艾比的死，就更加沒有意義了。

她仰起了頭，通紅的雙眼凝視了我半晌，然後，她撲向我——撲向了她曾經十分討厭的男性的懷中，放聲大哭了起來。

我只有抱著她，默默地任她茫然地宣洩著。

為什麼？為什麼？

夏洛克！為什麼，要創造一個如此殘酷的遊戲？為什麼，要這樣對待這個世界的她們？這種遊戲……到底要直到何時才會完結？誰來告訴我啊！有誰可以給解答我？

某個始終懸宕在我內心的想法，此刻，在我的心中不斷地漲大。

我不想月兒離開我的身邊，也不想利莉會因為這場無謂的遊戲死去……我要……我要替我的父母復仇；我要替眼前的艾絲復仇；我要替生命已經化為流星殞落的艾比復仇；我要……我要……

「我要前往……那個世界，立即把這個遊戲終結。」

ch1 她的眼淚

「不好意思，幫我扶她進去好嗎？」

「嗯！」

我帶著艾絲回到旅館，回到屬於她的房間。

她的室友前來應門，表情十分驚訝。

或許是因為我們兩個半身都濕透了；或許在她的眼裡，我可能對這個「校園偶像」做了某些過分的行為……

「你是冬司同學對吧？」幫著我把艾絲安頓在床鋪上，那女同學一臉欲言又止地望著我。

「是的。」

「你們兩個剛剛……在一起呀？」

「我在海邊偶然遇到了她。」

「我今天一早醒來就發現艾絲又失蹤了，馬上拜託了朋友跟老師出去找她，而我就負責留守在房間，留意她會不會回來這裡，沒想到最後把艾絲帶回來的，又是冬司同學哩。」那女同學說道。

「只是到海邊吹風，剛好看到她而已。」

「嗯，我可以好奇地跟你問件事嗎？」

「問吧。」

「昨天……」那女同學有些遲疑地停頓了下，才問道：「昨天你們每個人回來時，身上都帶著血跡，尤其是你和卡娥絲好像特別嚴重，是發生了什麼事嗎？」

「沒什麼事……」我轉開了臉起身，想以離開中止話題，「艾絲拜託妳，我就先離開了……」

然而，我的右手卻冷不防被拉住了。

「不要……不要離開我……」床上的艾絲，有點用力地拉著我的手。

我沉默地望著她，輕輕地試圖拉開她。

「不要離開……」她轉過身，抱住我半隻手臂，然後就靜了下來，身子沒有再動過，就像睡著了一般……

她，意識到自己在做什麼嗎？

「等她睡熟後，我再離開這裡好了。」我略微尷尬地望向那個女同學。

本來還以為她會用什麼異樣的眼神來看我，沒想到她只是苦笑點點頭，「這樣，我就先打電話告訴她們找到艾絲了。」

「好的。」

那女同學留下這句話，便暫時離開了。

雖然不知道她到底明白了什麼，但總之沒有受到異樣的對待，對我而言，已經是件很好的事了。

我重新把注意力又放到艾絲身上，嘗試著把手抽離，可，她的力道仍然存在。看來直到她完全入睡之前，都只能夠待在這裡了……我有些心不在焉地坐在床邊，無預警地，突然就感到手背傳來了一陣暖流。

我反射性地望去，艾絲在哭，沒有發出聲音地哭泣著，閉著眼，靜靜地流著眼淚。

「不知道妳流淚的原因是什麼……但，我應該可以當成妳為了艾比而哭泣吧？」

我深吸了一口氣，剛剛在心中一直膨脹的願望，又因為艾絲的哭泣更加清晰，甚至，促使我更加想到達那個世界……

……但，能夠實現嗎？到達那個世界的先決條件，不是整個遊戲剩下一個「魔法生物」……搞不好，連到達那個世界的機會也沒有……

……現實，還真的殘酷得過分！

就這樣，直到艾絲完全熟睡而失去力道之後，我終於離開了那房間。沒想到要待她完全失去知覺，會是一件頗長時間的事，我整整呆坐在她身邊快要有三個小時左右。

關上了門離開，我沿著沉靜的長廊，不知不覺來到月兒所身處的房間門前，明明很想進去，也知道敲個門就可以進去，但不知為何，我又開始掙扎起來……很想進去，但卻沒有勇氣走進去。

沒法保護月兒，甚至再一次被她和敵對者保護，讓我覺得很沒面子去面對她，因為這樣，我連敲門的勇氣也沒有。

我進退兩難地佇在門前，冷不防，門突然被打開了。

我還以為是月兒，嚇得身子猛往後退了一步。

「我還以為你不知道又溜那裡去，不回來啊……」站在門口的世音，杏眼圓瞠地看著我。

「……對不起。」我不禁鬆了口氣，但又有點小心虛。

我總不能跟世音說我待在艾絲身邊三個小時以上吧……讓她知道這件事的話，肯定又跟發瘋似的……

「不用道歉啦。」世音很有架式的擺擺手，「我總不可能沒事對著你耍任性吧！而且，是這種時候……」

她側身讓開，「反正都來了，你不進來看一下蛋白的情況嗎？」

「呃……」來了這裡又不看一下月兒的話，大概又會被世音嘮叨幾句了吧……可是……

「沒關係的啦。」

「……好吧。」我略一遲疑，還是踏進了房間，走到月兒的身邊。

她還睡著。

我偏頭看著世音，「……直到現在都沒有醒過來嗎？」

「嗯！由昨晚到現在，利莉也是。」世音小聲說道。

「要妳照顧她們那麼久，辛苦妳了。」略頓了頓，我四面環顧了下，「流馬人呢？怎麼不在這裡嗎？」

「昨晚來過一趟後，就跟卡娥絲不知道跑哪去了。」

「……是嗎？」

我皺了皺眉，一時也不想不出卡娥絲跟流馬到底跑哪裡去了……不過算了，不管了，在這種時候，能夠放鬆就盡量去放鬆吧！

我長吁了口氣，坐在月兒的床邊。

之後的一段時間，我還以為世音會說什麼，可，她卻一句話也沒有說出來……

就這樣不知過了多久，直到一聲準點的鐘響，拉回了我的思緒，打破了世音的沉默。

「……冬司。」

「是？」我望向世音。

她也走過來，坐在我的旁邊，「你可以……跟我說昨日到底發生過什麼事嗎？」

「……咦？流馬他們沒有跟妳說嗎？」

「沒有。」

我有些意外，可一時也完全不知道該怎麼跟世音說才好……這情況，就跟面對艾絲的室友們一樣。

「卡娥絲總是說我已經忘記了一件事，但我又不知道自己到底忘了什麼，這半個月來，我們不是都待在一起嗎？我明明也有艾絲的記憶啊，她可是突然地接近我們耶……直到昨日……冬司昨晚將失蹤了的流馬和艾絲都救回來耶，我怎會忘了一件事？」

世音有些困惑地說著，把頭不經意地靠到我的肩膀上，連同她的雙手，「看到你們身上的血跡，就算沒有事、沒有生命危險，但你們都好像變了，特別是冬司你……」

「既然妳說妳有這半個月來的記憶，那，妳還記得待在艾絲身邊的女生嗎？」我問，抱著一絲絲的希冀。

她還記得嗎？

那化成人回到艾絲身邊，身為敵人卻還要捨身保護敵人的黑色的小狗，艾絲的專屬女僕，艾比，我並沒有把她的名字說出來，只交由世音努力回想。

她沒再反問我艾比是誰，然而卻沉默了許久，就像是記不起而選擇了沉默來回答我。

「我本身……已經很接近你們了吧？」等了良久，她只講了這句說話，「冬司，將來……我能夠記起那件事嗎？」

她微微抬起頭，離開我的肩膀，目光有些放空地望著地板。

「不知道……」

「真想……也能夠跟你們一樣……」世音幽幽說道：「如果我也有可以去實現的願望，那一定就是這場『遊戲』能夠完結，在沒有任何死亡的情況下。」

「……那會是件很困難的事。」

世音是因為未面對過「戰役」，不知道每個人的內心想法，這句話才能很輕易地說出來吧……曾經，我也跟她一樣，但在過去這段時間我又再思考過這些事，經歷過後，我終於明白每個人總會有一兩個渴望實現的願望，所以，才會表露自己最猙獰的面目。

當然，我的願望也是如此。

那個我打從心底所渴求的、比流馬更為深刻的願望………我希望我的家人們都回來，希望能回到過去，爸爸、媽媽都跟我在一起的時光。

但，我卻因為月兒的關係把這種願望都拋諸腦後了……我到底該如何是好？

我深信我媽媽還存在，也想回到以前的時光，可就算如此，也不想讓魔法生物們無辜死去……若是要珍惜好現在，就只能向推翻這個「遊戲」而努力著嗎？

那麼，其他人呢？我所不知道的其他人又怎麼想呢？

「冬司……利莉，是不是有點奇怪？」

世音的叫喚，將我的意識頓時拉回現實。

利莉不是還在昏迷嗎？

我望向利莉的方向。

她那咖啡色的長髮陡然散發著金色光芒，瞬間照亮了昏暗的房間，但隨即又變回了咖啡色，她邊低吟著流馬的名字，邊仰起了半個身體，長髮就這樣來回地從啡色和金色之間變來變去，節奏宛若心跳。

「世音，妳退後。」我站了起來走到世音的前面，戒備著利莉。

只見她微微睜開的雙眼轉變成藍色，來回變更髮色的頭髮彷彿被某種力量飄起，明明可能會是危險的情況，我應該要打醒十二分精神去戒備的狀況，但我卻不自主地被她此刻所展現的美艷吸引住。

「不要再……傷害流馬。」她的嘴巴蠕動著。聲音卻像昨日那緋紅色的月兒般，憾動著我的心靈。

「世音，快去叫流馬來。」我稍微回望著世音示意著：「他應該有把手機帶在身上，妳也順便離開這裡暫避吧。」

「呃……我知道了。」大概是她的記憶還在停留在昨日的戰鬥，世音的身體顫抖著，腳步艱難地向門外移動。

而就在世音衝出房間之前——

「……艾絲！喵嗚！啊、啊啊啊——」發狂的利莉猛地衝向世音，不知是不是跟頭髮顏色改變有關，感覺速度也比以前還要快。

幸好世音跟我的距離還算近，我及時截住了利莉。

「……快一點！不用管我！月兒也交給我就好！」

「但是……」

「但是什麼？幫個忙！快走！」

世音呆滯了一秒，隨即奔出了房間。

「嗚啊啊啊！」利莉用力地掐住我的雙臂，把指甲陷進我的皮肉裡。

「平時……妳也玩美甲的嗎？」我苦笑，鮮血開始從我的體內流出來，很痛……就像有十把刀同時插進我的手臂之中！

利莉就像失去理智一樣，而我的意識逐漸被痛苦給占據了……模糊的視線裡，只看到利莉插進肌肉之中的指甲愈來愈深，連叫的力道也沒有了。

這種情況不知道過了多久，就在我痛得昏過去之際，我隱約聽到流馬的聲音，朦朧的視線之中，好像看見他抓著利莉的雙手不知道做了什麼，而後，我好像聽到電流的聲音，利莉指甲的觸感我就再感覺不到，痛楚減輕了不小……

「完……完了嗎？」我無力地躺在地上，嘗試睜開眼睛。

「沒事吧？冬司，到底發生了什麼事？為什麼利莉會突然襲擊你？」

「我……我也不知道……」感到自己被抱起來，我用剩餘的力氣一口氣說道：

「不、不要跟別人說……先處理一下傷口，等月兒醒過來再作打算吧。」

「但是……這麼嚴重的傷口……」世音無措的聲音，帶著壓抑的啜泣。

「沒關係的……」

「那我先去找藥來包紮傷口吧……你要忍著喔。」

「嗯……」

「冬司……」

我好像聽到月兒的聲音，甚至看到她的身影，但我的意識卻被痛楚所占據，最後感到傷口一陣劇烈抽痛，我整個人就失去了意識，陷入一片黑暗中。

當我再度醒過來時，我感到自己躺在一個很柔軟的地方，也感到一股溫暖和壓力圍繞在胸口。我下意識地往下望去，原來那是一雙手，搭在我胸前的，是月兒的睡臉，她仰起半個身子，坐在床上以這個姿勢睡著，頭都垂下來了，而我就睡在她的懷中……

我摸摸自己的手臂，傷口不見了……根據還有些混亂的記憶，最後，我記起了自己好像又被月兒給治癒了。

「還真丟臉……」

我已經不想再數是第幾次這樣子了，撐起身就想下床，不料月兒卻被我給驚醒了。

「冬司……」她立即抱住了我。

我一個重心不穩，慘叫了聲整個人向後倒去，再次陷入月兒的懷中。

「……冬、冬司？你沒事了嗎？」伏在床邊的世音突然彈起身子，擦拭一下雙眼之後，望向我們的方向。

「嗯……算是吧。」實在不知道該給她們怎樣一個回應，我轉而望向利莉的方向。

她大概是被流馬抬回床上的吧……也不知道眼下她是陷入昏迷還是沉睡著。

而今日一直沒看到人的卡娥絲，不知何時也抱膝坐在自己的床位上了。

「我們有吵到妳嗎？」注意到我的視線，世音偏過頭看著她。

「沒有……剛好醒過來而已。」略頓了頓，卡娥絲跳下床走向我，「對了，冬司，我有點想事單獨找你說，你可以跟我離開一下嗎？」

「嗯。」

這次，月兒倒是自動地放開了我的手。

「我們很快回來的。」卡娥絲說道，頭也不回地走到玄關，推門而出。

我下了床，跟上她的背影。

我默默地望著夜空。我很少會在夜晚回家後再外出，更別說是像這樣悠閒地站在公共陽台上了，一股陌生感油然在我心中湧現出來。

這個晚上的月亮很圓。

而或許就因為這種陌生感，此時的夜空，竟比平常的還要好看。

我默默地感受這一刻萬籟俱寂的寧靜，或許是近海邊的關係，海風微微吹了過來，又別有一股涼爽之意。

卡娥絲同樣沉默地望著天空。

我望著她，不自主有種陌生的感覺……

「妳找我過來幹什麼？」大概是這種心情作祟吧，我率先打破了沉默。

「關於……昨日和過去的事。」

「過去？是指夏娃嗎？」

我反射性地想起了她曾提及過的夏娃。

「冬司，我大概猜到了一件事……」單手托著下巴，卡娥絲若有所思地望著我，又是一陣沉默後才開口：「但在說之前我再聲明一下，這是我猜出來的……當然，你也可以找維爾問一下，『感應魔力』這種事，還是人類魔法師去做比較敏銳一點。我很少使用『感應魔力』，而且頂多都是用來估計敵方的數目而已……」

「嗯。」我不明所以，只有點頭示意她繼續往下說。

卡娥絲深吸了口氣，像是下定了決心後開口：「雖然，我不知道當中發生什麼事，但從先前在學校天台上感受到的夏洛克魔力，再加上之前你描述過的小時候的病症來看，如果我沒猜錯的話，你……」

——你繼承了夏洛克的魔力。

輕如吐息的一句話，深深地打進了我的耳中。

……我的魔力居然被卡娥絲說很像夏洛克？這到底是怎麼回事？

在極度震撼下，我甚至連跟卡娥絲打聲招呼都沒有，逕自就奔回了房間。

關上房門後，我無力地靠著門跌坐在地上，攤開手掌，手掌被火焰覆蓋著，我呆望著只照亮了周身的微弱火焰，到底……我小時候發生過什麼事？到底……我是怎樣在病弱的情況下，繼承了夏洛克的魔力？

我爸爸……又到底是為了什麼而死的？這一切……到底是怎麼一回事？

ch2 無限魔力的祕密

或許是面對過一次死亡的刺激，我早已不知什麼叫危險了，又或者是我的魔力，居然被卡娥絲斷定承襲自夏洛克……所以，一結束校外活動回到學校，我跟流馬立即闖進了校長室，明確地告訴維爾，我們要前往那個世界。

然而，維爾卻要求我們必接通過幾個考驗——

「先前，我跟『母親』聯繫過了，祂答應讓我們渡過兩個世界的交界，同時，也會協助我們渡過這個交界，但，這就是我想說的真正危險的事……」

維爾放下了文件後，托了一下眼鏡繼而又道：「我們將會到達的地方，我的家鄉，並不像這裡那麼安全，那裡正受到『怨靈』的侵襲，特別是郊外等地，隨時可能會有意想不到的事情發生。」

聽到那個「母親」答應要幫助我們，我意外得想要大叫出來，但再聽到維爾接下來所說的，我的背後不禁感到一些寒意……怨靈，我不知道維爾這樣說，有什麼用意，是讓我們先有個心理準備嗎？還是……

「『母親』並不方便在人們面前現身，再加上『怨靈』的侵襲，我原本也很想盡早回去，但因為你們也要同行的關係，所以，我必須先確定一下你們的實力。」略一停頓，維爾面無表情地環視著我們幾人，「達成的條件，就是你們使出全力讓我受傷吧……任何程度都可。」

「為什麼？」流馬直覺反問。

「就算『龍之母』同意你們渡過世界的交界，但如果連我也沒辦法打傷的話，讓你們去真的是很冒險的事。」他微瞇著眼睛，目光帶著審度，「所以首先，你們就過我這一關，如果失敗的話，我會先教導你們戰鬥方法。」

「不先教導後實戰就好了嗎？」流馬問：「而且你憑什麼認為只要把你打傷，我們就可以通過？『怨靈』又是什麼？」

「我可以告訴你們——」維爾脫下了眼鏡，眼神頓時變得很銳利，威壓感甚至凌駕在卡娥絲之上，「第一，我想知道你們真正的實力到哪，第二，我曾經獨自一人，把五個『怨靈』解決。」

「如果不能達成呢？」

「那，我會利用半個月時間，讓你們變強得令我滿意為止。」維爾面無表情地說道，打了個響指做出指令：「跟上。」

卡娥絲尾隨著他的背影，離開了校長室。

聽到這兩個考驗內容，我早已不禁興奮得顫抖起來，幾乎迫不及待地要見識一下有著「喚龍」稱號的魔法師的力量。

正值暑假期間，學校很冷清。

操場中央，正午酷熱的陽光從頭猛照射下來，光是站在這裡，就已經讓人汗流浹背了，但是維爾仍穿著那套西裝……

「聽卡娥絲說，你的魔力好像很奇怪。」

「是的……」我深吸了一口氣，平復身體不自主的戰慄。

現在我眼前的對手，是有著「喚龍」稱號的魔法師。

我們將以一對一的形式，來確定自己的實力，我能夠勝得了他嗎？

當初，流馬以壓倒性的優勢擊倒了我，而我甚至沒有碰觸到艾絲的一根頭髮，就被她差點殺死……直到現在，每個人都比我還要強，我，真的辦得到嗎？

我沒有絲毫把握，但，只要贏了維爾、獲得他的認可，就可以有資格到那個世界，而為了去那個世界，再困難的事情我也要衝破！

「那麼，我就先確認一下發生什麼事……你就盡情攻過來吧！」無風的狀態下，維爾的髮絲微微飄揚起，「同樣的，我也會向你攻擊。」

說著，只見他雙手向上張開，霎時，巨大的冰塊從天空憑空墜落下來！

我立刻向旁邊一滾，脫離了冰彈的攻擊範圍，卻不料剛再站起身，冰彈竟然轉了個方向，像是子彈般密集地攻向我。

「……只是、只是冰彈就可以把我打倒嗎？」我彎下身子避過那綿密的攻擊，我向前伸手，想像著火柱從地下向天空爆發，同時，雙手冒起火焰向維爾衝過去！

火柱升上天空，頃刻間吞噬著如暴雨的冰彈！

然而下一瞬間，冰彈又再度向我侵襲，而在一層聳起的巨冰的後方，卻已不見了維爾的身影。

「呃……」

側腹感到痛楚的同時，我整個人也瞬間被踢飛了出去。

維爾不知道何時竟已移動到我的身後，他的速度快得難以置信，甚至，遠超過利莉！

從頭到尾我根本來不及做出反擊，只能痛苦地在地上打滾。

「……冬司！」月兒和世音的驚呼聲，同時響起。

我重新握起拳頭，火焰再次發出，舞動著紅色的粉塵在半空中不斷地飛揚。

「我要贏！為了月兒，我一定要贏！」如果我認輸的話，就代表我什麼也做不了。

「但即使你能令我受傷，也不是夏洛克的對手喔。」維爾面無表情地說道。

「對！我的確贏不了他，但是……」紅色粉塵聚集在維爾的身邊，我再次向他衝過去，「但是我都已經走到這一步了啊！」

我引爆紅色的粉塵，爆炸聲不停在空氣中迴響，就像我內心的吶喊一樣，我使盡了全力發出攻擊，而就在拳頭快要碰到維爾之前，一切，卻好像停了下來……

「快動啊！只要動的話……只要動的話！」我咬著牙拚命地提升魔力，然而，卻在這個時刻，我的視線一黑，意識一瞬間突然中斷了。

等我再回過神來，我只感覺自己好像被用力地壓在地上，沙塵都跑進了嘴裡。

我不停咳嗽著，儘量把它們吐出來，只這一個本能的反應，就彷彿已經用盡了我全身的力量，我連掙扎的餘地都沒有，直到施放在我頭上的壓力消失了，我才能夠轉過身。

維爾正俯視著我。

我輸了……我誰也贏不了……好不甘心！好不甘心！我不要……就這樣完結！

一手拉住維爾向我伸出的手，我再向他的腹部用腳踢去，然後彈起身子，抓住他的衣領，一拳打到他的臉上！

烈火之下爆出了火焰，再加上爆炸的加乘，他被我打得跌躺在地上。

「……為了月兒、為了世音；為了流馬、為了利莉；為了艾比；為了艾絲；為了我的父、母親，我好不容易才走到這裡啊！啊、啊、啊——」為了很多事，我才能夠支持到現在。

我不要這樣！我不要輸！

「……要完結了呢！」倏然，卡娥絲的聲音清晰地傳送我的耳中。

我稍微仰起頭，維爾轉過頭望著我，臉上被我打腫的傷痕清晰而見。

下一瞬間，無數的火球突然出現在我的眼前，它們在半空凝留住，像是下一刻就會全數炸向我。

我大吼著，握緊了拳頭，想像火焰以我為中心向外擴展。

就在那一瞬間，眼前的世界彷彿變成了一片緋紅，而當世界回復原本的色彩，火球全數消失了，但，剛剛仍然躺在腳下的維爾不見了。

眼前的視線突然變得很模糊，我整個人脫力般地跪倒在地上。

「縱使是『無限魔力』，也只是個學名而已，只是魔力環放進身體之內與精神共生，魔力日益膨脹而造成了有『無限』的錯覺。」維爾說著，同時，四個巨型的冰塊落下插在我身邊的四個位置。

那四個冰塊的形狀，就像中世紀的長槍武器一樣，只要我動一下身子，其中一支長槍，就會貫穿我的身體。

輸了……我還是輸了。

「你試回想一下，我沒有估計錯誤的話，你的符文應該是日漸擴張了吧？」維爾接著又說道。
「嗯……」
「過度使用的話，你的下場就會跟『魔法生物』一樣，只能透過昏迷來回復魔力。也即是說，如果擁有『無限魔力』的人，就只會變成魔力的奴隸，沒有使用的話，下場也是很嚴重的。」
維爾的話，讓我又再度想起與艾比的那場對戰，我不解：「我聽艾絲說過，艾比也擁有『無限魔力』，為什麼，她在召喚出一個颱風之餘還能跟我們戰鬥？」
「我想，她是在勉強自己。」維爾淡淡地說道：「而且艾絲也說過，她已經把艾比當成工具看待吧？」
「你為什麼會知道？」
「因為，我跟卡娥絲有心靈感應，詳細的事，我就是從她那裡知道的。」輕托了下眼鏡，維爾的目光掃過卡娥絲又回到我身上，「而且，你已經做得很好了喔，能把我打傷，你已經比我的預期還要強了。」
他說著，向天空舉起了手，「但這樣子還不夠．在半個月內，我會用我的方法透過訓練令你變強的。」
限制在我四周的冰塊融成水，散滿了一地。

維爾抬起手，「那麼流馬，換你上來了。」

是嗎？只是這樣……已經夠了嗎？

雙手上的火熄滅，我轉身離開。

「沒問題的，還有我。」擦身而過的瞬間，流馬幾不可聞地說道。

我回頭望著他。的確，流馬比我還要強，我曾經跟他打過一次架，也是輸了。

「冬司？」世音呼喚著我的名字。

她和月兒就站在階級上。

「我想去洗把臉。」我低下頭，就這樣從她兩人身邊經過。

任月兒呼喚著我，我頭也不回地愈走愈遠。我暫時不想看到她們，也不想她們看到我，所以，不要跟來……拜託不要跟來好嗎？

與流馬對戰完後，維爾就宣布由後天開始進行訓練。

流馬的確比我強，居然連時間停止也可以完全複製過來。

據維爾表示，在那個世界的確擁有這種魔法，但真正會的人真的很少，原因是這種魔法的記錄鮮少人知，除了少數人有看過而知道這種魔法的存在外，也沒有人知道。

就像維爾的「時間停止」，也是他研究到現在才算是使用得得心應手，才能把這種魔法變成可範圍性應用。

事實上，光只是聽到理論，原本已經因為其他的事而頭昏腦脹的我，就變得不更加能思考了。以上，都還只是我勉強有聽進了腦袋裡的事物。

對這種種的一切，我突然有種莫名的疲憊感。

一等結果出爐，我再也不想多浪費口水，逕自離開了所有人，回家。

月兒亦步亦趨地跟著我。

期間，我們沒有再說過一句話。

而直到踏進家門，月兒一直就拉著我的手不肯放開，就算我放開了手，她都照樣單方面地又撲上來抱緊我。

可因為剛剛的事，我再次不想面對面看著她。就算實力的差距，輸了就是輸了。

就這樣直到晚飯過後，我還是一言不發，弄得世音的媽媽都忍不住追問我們到底發生了什麼事？

「只是最近為了學校的事而太累了而已。」世音只說了這麼一句，就輕描淡地地帶過了。

順帶一提，由於她提起了學校的事時，我不得不開口向她簡單說了聲關於月兒的補考成績。她聽了後整個肩膀放下，整個人好像一瞬間解除了不小壓力放鬆了一般，而且，突然變得很高興，一直摸著月兒的頭誇讚她。

月兒還是不死心地爬過來黏著我，儘管直到睡覺時間，我也沒有再作過聲。

她真的很在意我！

我只能這樣說……而我稍微整理了下自己的心情，不得不承認就算輸了跟維爾的對戰，當聽到可以到達那個世界，以及即將進行的那些訓練，我的內心深處總有一點興奮……

這股興奮逐漸壓過了我內心那點不甘的失落，延續到我躺上自己的鋪在地上的床單、閉上眼，我仍然完全沒有任何睡意。

「……媽媽。」

聽到被單翻動的聲音，我稍微睜開眼，只見月兒正鑽進我的被窩裡。

「……月兒，妳會有殺利莉的念頭嗎？」我轉身面對她。

「沒有。」

「但是……妳們可是敵人啊！」我有些困惑、有些試探地說道：「萬一……萬一事情真到了不可收拾的地步，妳不殺她，她會殺掉妳啊……」

「利莉是……朋友。」月兒坦然而直率地回答了我，以她不多的能運用自如的詞彙。

我一時語塞了……她們的感情的確很要好，但戰鬥終究會發生，儘管是身處在別的世界……

「媽媽……我會待在……媽媽的身邊。」

月兒撫摸著我的臉，她的手很溫暖；她抱著我的身體也很溫暖；她的懷抱也很溫暖。

「不要離開我好嗎？」被擁抱的感覺真的很溫暖。

時間，可以永遠停留在這裡嗎？

第二日一早，我敲了世音家的門，找上了世音。

「怎麼了？」

和世音媽媽打了聲招呼後，她跟著我走出了家門，有些急切地問道。

「我想拜託妳，暫時照顧月兒一下。」

「拜託我照顧月兒？」世音的腳步一頓，「怎麼？你要去那裡嗎？」

「處理一點事而已，很快就會回來的。」我輕描淡寫地說道。

世音遲疑地望著我，幾次想開口又沉默了下來，良久，輕嘆了口氣：「我知道了……那麼，早點回來喔。」

我點點頭，走進了電梯。

「冬司。」電梯門即將關上時，她突然又按住了電梯。

我抬頭望向她。

「不，沒事了……」她退開了一步，很努力朝我露出個笑容，「要早點回來喔。」

電梯門在我眼前緩緩地關上。

我長吐了口氣，腦中浮現出月兒的臉以及世音那彷彿討許一個約定的眼神，只有微微苦笑。而後按照著既定的計畫，我來到打工的便利商店。

本來，我只想把辭職信放到休息室的桌上就了事的，可沒想到店長正好就在裡面。

「啊！冬司，你來得正好。」一看到我，他如釋重負地走了過來，「我想跟你說一下關於調動時間的事。」

「那個……店長，我是來辭職的。」我有些歉疚地笑了笑，把自己的辭職信遞給他。

「欸？」店長抓著頭，有些苦惱地看著我，「這還真麻煩哪，昨天連流馬都來辭職了……你們，是發生什麼事嗎？」

「流馬也辭職了？」我有些意外地追問。

再一想，流馬當然也知道今後再沒有來這裡的時間，因為我和他要到那個世界，讓她們再沒有任何煩惱……當然，這些說話我沒辦法說出口。

這些事在別人眼中，根本就是荒誕不經的幻想罷了。

所以面對店長關切的眼神，我只有搖搖頭。

「說不出來也沒辦法啊………」店長體諒地拍拍我的肩，「不過也好，年輕人就是多歷練、歷練嘛，老是待在這裡的話，根本就沒有辦法吸收更多的經驗呢。」

「……嗯。一直以來謝謝你們的照顧了。」

「不用那麼見外啦，冬司，將來，就好好加油吧！」

「是的。」

離開打工的便利商店之後，我頓時覺得輕鬆了很多。

在我褲袋裡很久都沒響過的電話，也跟著響了起來，來電顯示正好是流馬。

我按下了通話鍵。

『那個，冬司，你不在家嗎？』

「嗯，我也辭職了。」

『也？你知道俺辭職了啊？』

「嗯。」

『但是，你沒有關係嗎？就算有世音家幫忙，你還是得靠這個吃飯的啊……』

「比起月兒，這種事還算是什麼嗎？」

工作可以再找，現在，我想解決的是眼前快要完成的事，時間，就剩下半個月而已了！

『也對……那麼，明天見。』

我掛上了電話，仰頭望著天空。

這種有所期盼、渴望去抓住什麼的熱切心情，我已經許久沒有感受過了……接下來，無論維爾的最後一個考驗，是有多地獄式的速成特訓，我也要完成它。

我要，前往那個世界。

ch3 兩個黑色的身影

才發下豪願，特訓也不過過了一個星期，如果就喊吃不消的話，那真的太沒面子了。

不過，這一連串下來密集的對戰與體能測驗，強度是真的大到讓我每天除了應付突如其來的偷襲之外，也沒有其他心思去胡思亂想了。

能夠在有限的空間裡透過訓練提升體能，除了長跑之外再也沒有其他更好的方法了，為此，維爾和卡娥絲在在體育館裡，張開結界。

一來，進入學校的體育館集訓，可以避免其他人看到我們在做的事，特別是使用魔法，再者，隨意戰鬥所造成的破壞，也能夠即時獲得復原。

有時，校長也會監測我們的進度而會來一個突擊測試，他和卡娥絲可會突然在某個角落偷襲我們，所以，在訓練時我們要得要打起精神來。

而訓練時而造成的受傷，則幾乎都是透過月兒幫忙解決的。如果沒有了她，我想我們就算叫利莉多借八條命來用，也不夠吧……

當然，這也當作是她的魔力控制訓練就是了。

總之除了跑，就是應付突擊測驗，就是這一個星期以來的情況。

不過，今天情況有些奇怪，我跟月兒跑了不知道多少圈之後，還是沒看到流馬和利莉的身影，這兩個傢伙，也不知道又溜去了那裡……

我稍稍喘了幾口氣，停了下來了，這時，從體育館的另一邊晃悠悠地出現了一個人影。

「……就這麼光明正大過來嗎？」我立刻繃緊了神經，做出應戰的準備，可再仔細一看，那身影……既不是校長也不是卡娥絲，而是我剛剛才在嘀咕著不見人影的流馬。

「啊——你在這裡就好，俺也很擔心你會不會遲到啦。」沒等我開口，他在另一邊先喊道。

「早就跑了不知幾圈啦！遲到的人是你吧。」我沒好氣地翻了個白眼。

「話是這樣說啦……」流馬似笑非笑地說道：「不過幸好遲到，才知道今日臨時轉場地了。」

「耶？還有哪裡可以轉？」

「第三會議室。」

「……可以讓我考慮多一下嗎？」

我站在第三會議室的門口，因為這句話停下了動作。

「嗯？」月兒發出的疑惑聲音。

我立即做出安靜一點的手勢。

而流馬自然很有默契地點頭。

「世音同學只跟這個社團有關係，不是操同使，原本，我不該讓妳也去的。」裡頭一陣沉默後，又傳出一道低沉的說話聲，是維爾：「但我從來沒見過卡娥絲這麼堅持，所以，我會盡量把我知道的戰法也教給妳的。」

原本，我還不明白為什麼最近世音總是心不在焉，很多時候都要叫幾次才會回應我，而且，今天還換上一身運動服，特別跟我們回學校集訓……

原來，都只是打算跟我們一起前往那個世界嗎？

從她跟維爾的對話聽來，就算考驗的內容不變，我們會去那個世界的事實也已經確定了，但我也不能理解，為什麼卡娥絲會這麼堅持要世音也到那個世界，甚至去向校長提出了要求。

「進去吧……都差不多了。」

流馬冷不防拍了一下我的肩膀，拉回了我的思緒。

我回望向流馬，打開門走了進去。

維爾、利莉和世音就各自坐在兩邊的沙發上，卡娥絲也在。

世音並沒有望向我，而是沉默地凝視著手上的信封。

我忍不住有些好奇地看著她緊捏在手中的那封信。

沒等我開口，維爾朝流馬遞出了個一模一樣的信封，「流馬同學，這封信你收下吧。」

流馬接過信，很自然地就想要打開來看。

「別打開。」維爾立刻制止了他。

流馬面無表情地挑了下眉，起身走向窗口、舉起了信。

我也靠近去看，從透光中可以辨別出裡頭的確有一張信紙。

「你們也可以把這封信當作一封家長信，但，這並不是普通的家長信。」維爾輕托了下眼鏡，說道：「這封信的裡頭包含著魔力，只要你們對它注入自己的意念，它就會把你們的意念儲存。而當開信人打開的時候，就會確實地感受到你們的意念。」

「那麼，隨便一種意念都可以嗎？」流馬反問。

「嗯！但現在我希望你們注入的意念是——前往那個世界的決心。」

流馬微挑了下眉，「前提是先給你看嗎？」

「不，主要是給你們的家人看。」眼鏡在手上翻轉著，維爾的視線掃過我們每一個人，「因為你們的努力，訓練在一星期內接近了我的預期，但沒有戰鬥經驗還是不行的，所以接下來的訓練，有一半將會是夢境假想訓練。」

「夢境假想訓練？」

「那是透過睡眠，設定夢境的內容去形成任何形式的無時間限制平台，也可以把它當做訓練戰鬥的用途，夏洛克的夢境就是一個例子了。」

微瞇起狹長的眼睛，維爾意味深長地看著我們，「我也會把它設定成較寫實一點的感覺，可別想著能夠在夢境造出一些平常做不到的舉動喔。」

「我沒有嗎？」聽完他的解釋之後，我若有所思地望向信封，開口問道。

「別介意，因為你沒有家人，所以……」

「監護人也算是家人對吧？」我截停了他的說話，望向世音。

維爾微勾起嘴角，「我明白了，信封就待會轉交給你。」

世音抬起頭，視線在我踏入會議室之後首度與我對上。

「今天的訓練項目是什麼？」她朝我昂高了下巴，語氣跟神態又恢復了一貫大剌剌、大姐頭的氣勢。

「今天，就多來一個『那個世界』的天氣報告。」維爾笑著朝我眨眨眼，「讓你們知道季節準備一下，之後就到此為止吧。」

我微撇撇嘴，「知道了。」

「那麼順帶一提，就因為已經到此為止，所以，一會你們去操練體能的時候，我們也不會突擊你們的。」

維爾說完，一揮手示意我們可以離去了，卡娥絲跟著就將我們全掃出了第三會議室。

「那麼，要不要繼續練習？」

我們一行五個人穿過操場時，流馬這麼問我。

我望向神態有些忐忑不安的世音。

流馬當下也不再多說些什麼，拋下了一句「明天見」，就跟利莉前往體育館去了。他能這麼理解我，也算是一件好事啊……

我再望向世音。

「怎麼了嗎？」我試著打開話匣子問道。

「沒有。」她把信封放進口袋裡，然後就伸起了懶腰，「大概是得到了一起去那個世界的機會，還有些轉不過來呢……」

但，妳可以不用這麼勉強喔……

我欲言又止地望著她，這句話，始終沒有辦法說出口，假如說了出來，感覺就像是否定了她一樣，儘管現實的狀態已經先一步否定她。

本身不是操同使、不具備與魔法生物共生的魔力，光是透過僅僅不過半個月時間的體能訓練，貿然就要前往那個連操同使都可能會喪命的異世界，搞不好會丟掉性命……而到時候狀況難料，我都不知道有沒有辦法好好地保護她！

「很煩惱呢……」世音輕哼了哼：「明明我就不想跟去，但那個卡娥絲卻要求我必須去。」

「嗯……但到那個世界之後，妳打算用什麼技能來防身？」我躊躇了半天，也只能不著邊際地這麼問，總覺得，說什麼都會說錯話。

「弓道啊……你忘了嗎？」世音橫了我一眼。

「呃……那個啊？」

我撓了撓鼻心，想起直到初中畢業，她的確一直都有接觸弓道，但那只是興趣性質。靶子跟那個聽起來很強的「怨靈」……肯定是不能比的。

到底有什麼必要，非要把這樣的普通人也牽扯入夏洛克的這場遊戲？維爾跟卡娥絲，到底有什麼打算？

我的思緒一時間陷入了極度混亂的狀態，直到世音叫了我好幾聲才猛回過神來……

世音半嗔半怨地橫了我一眼，「光是蛋白，就足以令冬司忘了很多事……」

「……對不起。」我苦笑。

「不用道歉喔，你跟我一起跑回家就原諒你吧。」世音拍著我的肩膀，用上了十成的力道。「咦？跑回家！」

「對！反正如果搭車不過十五分鐘左右，跑回去最多也就一個半小時的路程吧……」世音伸展了下四肢，一臉躍躍欲試的神態，「反正最近，你也是在體育館裡跑上幾個小時，不如試試跑回家吧。」

「說的也是啦……那，月兒呢？」我轉向一直跟在身旁的兔耳妹。

她望著我們，也是一臉興奮的樣子。

「妳真的很想跑回去嗎？」我忍不住再次確認。

月兒用力地點頭。

世音朝我撇撇嘴，「看來，最不願跑回去的人只有你一個啊。」

「才不是呢！」

「那就跑回去吧！」

世音調整好姿勢，精神虎虎地跑動了起來。

我看了看一旁跟著蹦蹦跳跳的兔耳妹，也只好跟著開始起跑。

然而才開始沒多久，就被世音叫停下來了。

「你這樣子……跑五分鐘都會累吧？」她皺著眉說道。

「我平時都差不多這樣子跑啊……有問題嗎？」

「問題可大了！」世音沒好氣地賞了我個白眼，大搖其頭，「你長跑都當成短跑，難怪總是辛苦了蛋白啦。」

「這……這也是當作給她的魔力控制修練啊。」我忍不住辯解道。

「但，你也不要都依賴她的回復能力，也該好好地愛惜自己的身體啊！」世音正色地提醒我，「要知道就算靠魔法回復，但你的身體也可能某程度上算是操練得快要壞掉啦！」

「嗯……」我漫應了一聲。

「好好地聽我說啦……」世音鍥而不捨地盯著我，「長跑就是要慢慢來，盡量就像走路一樣，不要像短跑一樣腳跟不碰地！知道了嗎？」

「是、是……世音老師。」我十分敷衍地回應道，冷不防、突然被用力敲了一下腦袋，切！超痛的啊！

「就因為替你擔心才這樣跟你說耶！」世音揮舞著拳頭，杏眼圓瞪地指謫我，「冬司什麼時候變得這麼沒禮貌的啊！」

「對不起。」我連忙告饒。

「不過，總比以前的冬司好。現在的冬司比以前會給出更多的回應，這都是全靠月兔的功勞呢！」世音呵呵笑著向月兒道謝之後，又猛拍了一下我的背，「好了，開始吧！我們痛痛快快地跑一跑，順道也把那些煩惱都拋到腦後吧！」

又來了……我總是不能預測其他人會在何時直接喊喚出月兒的名字，不過，看到世音好像又回復到平常的樣子，我不禁也鬆一口氣。

確認了下月兒跟在身邊之後，我跟著她的步伐、調整呼吸，也開始了跑回家的路程。

就這樣，等世音一起加入體能集訓後過了一星期左右，她也開始加入了夢境的實戰訓練。

在夢裡所感受到的痛楚，和現實沒有太大的差別。

當然，一開始在維爾的帶領之下，我們幾乎不用出手，甚至連卡娥絲也只在旁邊觀戰而已。他的強悍，和那一天對我們進行試驗時簡直是天壤之別。

我們一邊讚嘆一邊越發渴望能達到那樣的程度。

然而，當總算輪到我們上場，真正與那所謂的「怨靈」打起上來，我們才知道自己的弱小。

原本，我還天真地以為「怨靈」那巨大的體型會比較容易對付，又或者維爾可能在夢裡預設了某個「程式」，能讓我們在實戰中不至於承受過分的損傷與恐懼。

但真正交戰過後，我才發現自己的想法有多輕忽與僥倖……

回溯先前與卡娥絲和艾絲交戰的經驗，大概不脫削人皮肉的戰法，以及卡娥絲那種手下留情到極點的遠戰。

艾絲幾乎沒做出過一擊必殺的攻擊，因為比起一擊必殺的戰鬥方式，對男性的厭惡，讓她的攻擊始終呈現出「我要徹底地折磨你們，讓你們痛苦地死去。」的感覺，反觀卡娥絲，就算是使用人的身軀，她也同時擁有「龍」的血統。

換言之，只要被那種巨大的身軀摸到一下，運氣好的都是斷肢！

所以每次對戰能夠只有擦傷，在我們都已經是奇蹟了。

然而，在那個被稱為「怨靈」的面前，我們跟卡娥絲、艾絲戰鬥所得回來的經驗，卻幾乎都派不上用場！

那種壓迫感，由初次感受到就已經刻骨銘心，而接下來斷肢、痛苦、死亡，在那個訓練裡幾乎都已經成了尋常，而且在「死去」之前，永不會感到痛苦平息、結束。

此外，夢裡所練成的體能並不能帶回現實，但同時依舊會實質性地消耗我們體力和魔力，換言之，如果不是事先集訓過，我相信以我們的程度連「勉強」都稱不上。

就這樣，我們不斷在夢境訓練中累積實戰經驗，直到出發前幾日的幾場實戰訓練，才總算有打贏的情況發生。

而那場交戰之所以能打贏的原因，不外乎是因為我的魔力開始有過多的跡象，和眾人開始習慣了戰鬥的原故。

由於夢境會消耗體能和魔力，再加上會回復魔法的只有月兒一人，所以，流馬一開始就選擇放棄成為被團隊保護的對象，轉而也擔當輸出的一角。保護一人比保護兩人來得更輕鬆，能仿效魔法效果的流馬，只要額外能為自己和利莉治癒就好。

而身為射手的世音，大概也已經摸透了手上的弩的使用方法、在我們的身後那靠著射擊距離，和「怨靈」的死角，相當程度地造成了很大的殺傷力。

至於我，事實上這半個月以來，只有我都幾乎被禁止使用魔力，直到最近這幾場戰役才會得解禁，過度累積的魔力一次性爆發，最後才勉強造成了勝利的機會吧……

不管怎麼說，像這樣得用幾乎一整個星期的「全軍覆沒」，才能夠換取一場的勝利，我們實在是真的太弱了。

當然有時候在事後檢討之中，我們都覺得是不是設定過強了？

如果再設定得簡單一點，讓我們這支小隊可以散開各別與「怨靈」交戰的話，起碼可以更大程度熟悉「怨靈」，將來在那個世界能視情況判斷該逃跑還是繼續迎戰。

然而，維爾從不肯把難度降低。

而的確，在那個難度之下他就是能夠毫髮無傷地打敗了那個「怨靈」，所以，我們也只有咬著牙，盡力去克服這高強度的訓練過程。

總之，暑假就這樣過了一半。

眼看，我們已經沒剩多少時間了，我開始怨恨自己為什麼除了跟卡娥絲的模擬實戰之外，平常就沒有好好地鍛鍊自己，只是把自己關在房間裡。

以至於我所擁有的「無限魔力」造成的大幅度消耗，成為禁止我使用任意使用魔力的理由，照這樣下去，在面對實戰的時候我還能夠派得上用場嗎？

此外，現在我的符文已經延伸到脖子了，這幾日來不止受到多方面的注目，就連世音媽媽也多次追問我是不是紋身啦之類的……

對這個問題，我始終只能含糊以對。

就這樣，終於到了出發前的幾天，我和月兒開始收拾行李。

見她百無聊賴地坐在床邊望著我，我這才想起她的東西都在世音那裡。

「妳先在這裡等一下喔。」交代了這句話後，我起身走出房門，打算去找世音。

卻不料門一開，卻見世音不知從何時就已站在那裡。

「……妳怎麼進門都不發出點聲音啊！」我沒什麼底氣地抱怨了句，繼而又道：「對了，我剛剛也想找妳，月兒衣物……」

我才說著，她卻突然撲進了我的懷中抱住我。

這種突如其來的舉動，令我差點整個人向後仰失去了平衡。我忙穩住了身體，「出了什麼事？妳怎麼……」

「信……我留給爸爸、媽媽了。」世音的整張臉都埋進我的懷中。

我看不到她的表情，只聽得出她的聲音在顫抖著，我不能理解那其中究竟包含著什麼樣的情緒，是喜悅？是興奮？是害怕還是恐懼……世音到底是背負著怎麼樣的心情去面對這件事？

從第一次聽到與流馬和利莉打起來，面對艾絲向我們開戰，她明知道卻被迫遺忘的，明明當初只被卡娥絲以「跟我和月兒有關係」的人，硬把她留下來……

「伯父和伯母……」想起那我同樣視同如親人的存在，我苦笑，「如果知道了魔法和月兒的事，不知道會有什麼反應？」

「一般人都會很驚訝吧……」世音輕輕說道：「我相信我爸爸、媽媽都會有這種心情，但最終他們只會說一聲沒關係的，因為他們把月兒當作是冬司的家人，也是我們的家人了。」

「……是嗎？」

「嗯！就算知道我可能會因此而死掉，爸爸和媽媽也讓我跟你們去……」世音整個人微微顫抖著，抓著我衣襟的手指用力得發白，「但是，我很害怕……」

「害怕？」

我神色微動，再一回想起來，世音在夢境訓練之中幾乎是死掉最多次的人。她一直很努力地盡一個射手的責任，然而即使最近的死亡次數和受傷有所減少，但打贏的那一刻，她幾乎是沒有不受傷的。

順帶一提，她所使用的武器是弩。

在維爾收藏的冷兵器之中，她選擇使用了弩來做武器，而正因為使用像獵槍般的弩戰鬥，她上手得很快，而且眼界頗準。

「都走到這一步了，我真的很想也跟過去。但是……很害怕。」世音顫著聲音說道。

而我只能夠一直被她抱著，算是回應她和安撫她。

「雖然說出來很任性，不過，我也想聽到冬司會說保護我之類的話……」

「……我並沒有那種自信。」我實在不願意回應世音這個要求，因為，我是個連自己也保護不到、連月兒也保護不好的人。

「但是，我相信冬司喔。」世音看著我的眼神，真摯而溫暖。

「嗯……」我淺淺地點點頭，伸出的手很快地又縮回了。

我不敢擁抱她！

我不敢想像許下過這樣的約定後，如果還要眼睜睜地看著她死去，到那時候……我真的不想這樣子！原先跟這個遊戲無關的世音，不該因為我而被捲入這樣的危險中……

我茫然低下頭，衣袖隨著剛剛縮回的手的動作被拉起，手臂上袒露的符文，使我的心情更為混亂。

「保護我好嗎？」

「我會保護……姊姊的。」

回過神之際，我已不自覺地做出了承諾。

「謝謝！聽到你這樣說，我放心很多了。」

世音由衷喜弱的神情，刺痛了我的心。

我還想再說些什麼，房裡的月兒也走了出來，她走到我們的身邊，即使還沒有開口，我也知道她將會說什麼、她在想什麼……明明還沒發生，可不只是她，不知為何大家死去的樣子，在這一刻，不停地在我腦海之中浮現。

不行！絕不能這樣！明明都已經走到了這一步了，我不想再為了身邊之人的死亡而懊惱，我希望身邊的每個人都能平凡、自由地活下去。

「我會保護大家的。」再次看著自己的手臂上那個月兒給予我的符文，我不再放任自己耽溺於軟弱的情緒。

「……媽媽。」

「冬司……」微退開一步，世音朝我露出一個大大的笑容，「剛剛的要求只是我的任性，所以，你不要太勉強自己喔！」

「一直以來受到姊姊和妳的家人照顧，現在就要輪到我了。」

「嗯。」淺淺地回應我之後，世音牽過蛋白的手，「那，冬司，我暫時借走蛋白囉，我會負責替她打包行李的。對了，我還找到以前跟家人一起去露營時，留下的一個很大的睡袋，我想，應該可以派得上用場的！」

我點點頭，目送著她們的背影消失在門口。

三天……還有三天……之後，我們將踏上一個全然未知的旅程，踏上那個未知領域，賭上我們每個人的未來！

三天後，我們再度齊集在「第三會議室」。

除了維爾外，我們都手牽著手圍成一個圈。

據維爾說，這能夠提升到達那個世界後，我們還在一起不被分散的成功率。而在之前，我們先後被他施了一個魔法，解決了要面對的語言不通的問題。

在被施法之前，他和卡娥絲所使用的語言聽起來就像是英文，但又不全然是，因為那種饒舌的語音和某部分的語法，太像南亞語系，而若不是網上看過關於那些的惡搞影片，我大概說不出像那種南亞的口音。

總之，語言這東西還真是不可思議啊！

一切準備就緒，維爾又將我們分成了三組人馬。

是防止那不穩定的「傳送之門」令我們會被傳送至郊外走散的安排。

而在分成的三組人裡，我是負責拿食物的那一組。

此外，由於那個世界正值是冬天，我們也都分了些禦寒的衣物各自攜帶以防萬一。

「那麼，我再說一下之後的事宜。」取下眼鏡，維爾銳利的目光環視著我們，「我們將會到達的地方，是名為『歐尼斯特』的城鎮，也是我的故鄉。總之，我們就約在大廣場的石像那裡等吧。如果落到了城鎮以外的地方，就請盡可能保持冷靜，並發射我交給你們的信號彈，等待救援。」

「嗯。」我們同時點了頭回應。

「還有卡娥絲，這次是特例，妳可以在天空中飛翔，所以如果你們到達的時候也走失了的話，妳就利用飛行去搜索大家，知道了嗎？」

「知道了。」卡娥斯揚聲回道。

維爾的目光轉向世音，「世音，不能施法的妳就使用我製作的魔法箭吧。」世音點點頭。

接著，只見維爾高舉雙手，紫色的魔法陣再次從地上擴張，瞬間占領了整個房間。

「要活著回來啊！各位。」

在意識遠去之前，我聽到維爾這樣說道。

也不知過了多久，再回過神來，我只感到一陣從骨髓裡感受到的寒冷侵襲著身體。

「好冰！」我猛地彈了起來，再望向四周，我正站在雪地上……雪？

剛剛，我們仍然在學校的會議室裡，現在卻到了陌生的森林之中……

「……世音？月兒？」世音和月兒就躺在不遠處的雪地上，我連忙奔上前搖醒了她們。

感到她們的手動了一下，我扶著月兒坐在起來。

「……冬司？我們真的在一起啊！」身邊的世音也跟著自己爬起身了。

「對！」
世音神色一鬆，有些雀躍地環顧四周，「咦？這裡就是那個世界了嗎？」
我點點頭，「嗯！我們終於來到那個世界了！」
「太好了！」世音撲抱了我一下，而後鬆開我探手在雪地四處搜尋，「弩……弩在那裡？啊……找到了。」
她拿起了身邊的十字弩，邊確認著十字弩有沒有任何損傷。
「……媽媽，耳朵好冷……」月兒撲過來，抱著我的脖子。
「妳等我一下。」除下手套，我暖一下雙手後直接把手都貼到她的耳朵上，想著耳朵消失的情景，再把魔力都發動起來。
月兒的兔耳就這樣消失了。
「還會冷嗎？」我為她蓋上了外衣的帽子。
「嗯……」她摸著自己的頭，綠色的眼眸泛著水霧。
「沒辦法，妳先忍著一下吧。」我摸著她的頭安撫道。
一旁的世音完成了弓弩的確整，走了過來。「弩和箭都沒有問題了。」
「嗯，那麼等我一下。」我舉起手對空，想射出聯繫用的魔法箭。
「先等一下！」世音按著我的手，阻止了我。

「咦？」

「你用的火系魔法吧？你先看看這裡的環境。」

我一聽也立刻反應過來，也對，這裡是一片森林，而且樹木是從來都沒有見過的粗壯，即使身在雪地裡，樹葉的顏色還是很翠綠，若是貿然使用火系魔法，一個操控不當後果可是不堪設想。

「還是讓我來吧！」世音說著，從背包拿出了箭袋，裝填入其中一支箭矢，然後，把弩指上天空，拉弓射出。

魔法箭咻地一聲直奔向天空之中，然後在半空爆開起來！

頃刻間，暗沉的天空散布著白色的光點。

「……漂亮。」我由衷讚嘆。

就連月兒也顯得十分好奇地伸出手，想觸摸那些像雪一般光點，可惜指尖才碰到光點時，它們已經消失不見了。

「現在應該怎麼辦？」世音望著我。

「先等卡娥絲和流馬他們過來會合吧。」

「嗯。」世音點點頭，放下弩把背包和箭袋搬到樹下，重新把箭袋扣到背包的側面再背起來，邊說道：「那麼跟他們會合之後，應該就是找夏洛克吧？」

「運氣不好的話，對手會先是『怨靈』，然後才是夏洛克。」

我才剛說著，月兒突然扯了下我的衣袖，「媽媽……有怪聲……」

世音神色驟變，立即站了起來把箭裝填到弓上。

「我想，那應該是卡娥絲拍翼的聲音吧？」我一邊安撫著身旁兩個女生，一邊悄悄將魔力凝聚在右手上。

「不對！」月兒焦急地低吼過後，四周又是一片沉寂。

這一瞬間，我才發現這森林真的安靜得很可怕，就連我或多或少都聽到月兒所說的怪聲了，比起拍翼的，這聲音更像是巨大生物的腳步聲。

怪聲愈來愈清晰，間雜著隱約好像是某種生物的吼叫。

怨靈……嗎？這一瞬間，我唯一想到的就只有這種生物，不由繃緊了神經。

相較之下，世音反倒比我鎮定多了。

她舉著弩，四下一環顧指著不遠處一棵參天大樹，「冬司、蛋白，到那裡裡避一下吧。」

我立刻回過神來，拉著月兒與世音退到樹後。

就在這一瞬間，巨樹倒地的轟然巨響傳來。

「吼！啊、啊啊啊啊啊——」緊接著，某種怪物的咆嘯震天動地。

我小心翼翼地從樹後探頭看去，就在樹後，一名灰銀色的皮膚，高大約三扇門，擁有四隻手的巨人就站在前面樹後。

「嗚……」月兒幾乎在第一時間發出慘叫。

我立即摀住她的嘴巴。

「吼……」那怪物咆嘯連連，而且聲音愈來愈近，甚至可以清楚感受到地面因為它的腳步而搖動著。

「看來……真的要跟它戰鬥了啊。」我深吸了口氣，一但對現況有了體悟，整個人反倒冷靜了下來。

「但用什麼方法跟它戰鬥？」世音咬著唇，聲音透著恐懼：「我們沒有實戰經驗，而且人也沒齊……」

「邊逃邊戰鬥吧！我先用魔法引開它的注意，然後世音妳就對它進行射擊。」摸了摸我身旁兔耳妹的頭，安撫她焦躁不安的情緒，「月兒，不要怕，在我和世音戰鬥的同時，妳就向它雷擊，就像在夢裡訓練戰鬥一樣。」

看到月兒點頭之後，我鬆開掩著她的嘴的手，世音，「我們以保護月兒為優先，見時機好就一起逃走吧，聽到了嗎？」

世音煞白著臉，緊握著手中的弩箭，不發一語地朝我打了個手勢——

我立刻跳出藏身的大樹，同時，紅色的魔法陣在怨靈站在的位置展開！

「啊！啊、啊、啊———」火柱燃燒著怨靈龐大的身軀，怨靈發出淒厲而憤怒的吼叫。

我揚聲大吼：「世音！是時候了！」

世音從樹後轉出，同時，把箭射向怨靈的頭。

可惜那怨靈因為掙扎而剛好迴避了這一箭，不過就在這一瞬間，白色的雷擊跟著落到怨靈的身上！落雷的聲音迴盪在空氣之中，那怨靈站在原地，大概因為這道雷擊而陷入麻痺了。

然而，這不過就是一瞬間的光景———

「吼！啊、啊啊啊———」身體重新恢復了動作，怨靈把握在右手的巨錘猛烈地向地下一敲，地上隨即傳來震憾的地震。

「世音，放箭！如果射不中的話，也可以向胸膛位置射擊！頭這個位置，等像這樣子的麻痺才攻擊吧！」

我嘶吼著提醒還在呆愣中的世音，同時再次召喚魔法火柱。

然而，火柱還沒凝聚成形，那「怨靈」就立即用與身體不合稱的速度向我衝過來！我眼看已閃躲不及非傷不可，就在這時，咻地一聲，那怨靈被破空而來的一箭正中，仰倒在地上不停翻滾著。
這怨靈……未免也比夢中那些弱太多了吧？
我心忖，雙手再度冒起火焰，衝到怨靈的身旁朝頭部用力一拳砸去！
「嗚！」怨靈的頭部出乎想像的堅硬，一擊之下，我的手反倒痛得難以招架。但透過這一擊，我也感受到自己造成的爆炸威力有多巨大。
淒厲的咆嘯聲再度傳出來，我連忙按著雙耳，而後，只見一支箭迅速插入怨靈的眼部，伴隨著迴盪的雷聲，黑色的血液瞬間噴得我身上都是！
我不由側過頭閉上眼躲避，等好不容易再睜開雙眼，那怨靈已經又站了起來，拔走插在自己眼中的箭，然後高舉巨錘——
「笨蛋！這是現實啊！快逃！」
遠處，世音再發一箭射到怨靈的胸口。
它的動作被迫暫停了。
我應該趁這個機會立即向後逃跑，可我卻一步也動不了，不知道為何我的身子就是動不起來，只剩下顫抖。
這時，怨靈轉身向世音的位置奔去。
「該死的！」總算擺脫恐懼、拿回了身體的主導權，我把雙手冒著的火焰控制至

凝聚在半空，然後一掌把它擊飛到怨靈的前進路線，

怨靈為了閃過我的火球而停下了腳步，注意力立即又轉移到我身上。

「射擊！繼續把它的注意力引開！」我連忙喊道。

世音回過神來，張弓揚弦，幾支箭矢又射向怨靈。

這一連串的攻擊惹怒了怨靈，它的視線在我和我身後間來回，似乎拿不定主意要先向哪邊發動攻擊。

這就對了……我深吸了口氣，腦海中想像著怨靈的身邊都被粉塵包圍著，然後，每粒粉塵都被引爆！

「世音，趁這個時候帶月兒快逃！我隨後會追上去的！」我拚命地提升著魔力，只希望能多爭取到一點時間。

然而怨靈很快又適應了粉塵的爆擊，再次大叫了一聲，手中的巨錘瞬間向我投擲過來！

「媽……媽媽！」耳中還聽到月兒喊叫的聲音，然而面對高速而來的巨錘，我根本迴避不了，只能閉上眼睛……

就在這時，突如其來的黑色雷球擊中了迎面而來的巨錘！

巨錘立刻在半空中被炸得支離破碎，緊接著數道黑色的雷柱包圍住怨靈，落雷四

散，然後，那怨靈終於倒了下來。

逃過一劫的我神色一鬆，睜開眼睛，黑色的魔法……是流馬嗎？

我心中忖度著，然後，卻聽到一個無比熟悉的稱呼——

「冬司少爺。」

穿著一身黑色的洋服，擁有一頭黑色長髮的人且頭頂上有著一對黑色兔耳的少女，不知道從哪裡跳到我的面前。

「……艾比?!」我錯愕無比地呼喊，脫口而出。

那個人回頭看著我。

黑色的眼罩遮住了她的右眼，而她的左眼，是跟艾比一樣的黑色眼珠，但她的樣子，卻根本與黑髮版的月兒無異。

「冬司？怎麼……」世音奔了過來，望著眼前黑色長髮的兔耳少女呆愣了愣，而後——

「啊！」她抱著頭慘叫了一聲。

而當她重新再望著那兔耳少女時——

「艾比？」她有些困惑、有些茫然地喊道。

我大為震動，世音又記起了那失落的記憶嗎？難道……

目光陡然在與那黑色兔耳少女相觸，我一瞬不瞬地望著她，剛剛她好像的確是叫我「冬司少爺」，而這個稱呼只有艾比才會使用，現在看上去，她就算外表跟月兒很相像，但，感覺上卻跟艾比更為肖似！

「……媽媽！怨靈！」月兒的提醒拉回了我的思緒。

那怨靈又再度爬起來了。

「冬司少爺，現在我不方便跟你解釋，請你先接受我的魔法吧。」黑髮少女說著，左手放到我的肩膀。

一瞬間，我立刻感到有股力量從我的胸口符文凝聚著。

「趁這個時候！快攻擊它吧！」黑髮少女疾呼。

「呃——是的！」我凝聚魔力，繞著怨靈站的位置再次展開紅色的魔法陣。

出乎意料，紅色的魔法陣卻比以往的更明亮，而且，在怨靈身邊飄散出大量紅色的粉塵。

怨靈揮動手臂，灰銀色皮膚接觸了飄浮在半空中的紅色粉塵，立即引起了爆炸！

「嗄啊！啊啊啊啊——」怨靈慘嚎翻騰，卻被迫困在設下的紅色魔法陣之中，巨大的身子動彈不得。

「這是？我明明只想著要使用火柱啊……」我不禁呆愣住了。

「不要想了！快攻擊吧！」世音連聲催促著我。

我回過神，雙手立即向地上一揮！

火紅的柱沖了上天空，爆炸的聲音就像龍鳴般迴響，火柱如龍躍動上天，怨靈的身體化為灰燼，隨著黑霧升上天空，然後緩緩地往某個方向散去。

「沒事吧？冬司少爺……」黑髮兔耳少女躍向我。

那神態與月兒如出一轍，我卻無法給予一樣的信賴。

「妳是誰？」後退一步拉開距離，我戒備地望著她。

黑髮兔子臉上的笑容一黯，有些躊躇地看著我，目光落在奔過來抱住我的月兒身上，沒有眼罩遮掩的黑色的左眼，瞬間又亮了起來。

「這個地方不太安全……」黑髮少女轉身，髮絲隨著動作飛揚，「先離開這裡，我會慢慢向你們解釋的。」

黑髮少女縱身一跳，以極快的速度消失在樹海裡。

我與世音交換了個視線。

世音點點頭。

我深吸了口氣調動魔力，帶著無法使用魔法的世音，與月兒一起追上她的背影。

森林的雪坡上，我們一行人漫步著，沒有說話，氣氛顯得有些奇怪。

我的視線不由自主地望著前方開路的黑髮兔耳妹，那走在我們前面的身影，明明是已經死去的艾比，只不過原本是狗耳的地方，卻變成了黑色的兔子耳朵，眼睛也戴上了眼罩……

……她是誰？是曾經死去的艾比重生，所以曾經被抹去的記憶也重新啟動，就像是遊戲中的角色，換了身分，遊戲依然可以繼續，還是？

「請稍等一下。」

黑髮少女突然停下了腳步，手向前一伸。

只見她前方的空間就像一道門一樣自動被打開，明明前面原本是空無一物，從被打開了的空間望進去，卻多了一間小屋。

「請進來吧，這裡很安全的。」黑髮少女環視著著我們，晶亮的目光中隱約帶著一點期待。

「是結界嗎？」世音悄聲問道。

「是的。」

我們兩人面面相覷了片刻，相互點點頭，走進結界。

空間立刻就封閉上了，從外頭勢必看不到這裡。

看來，這裡應該跟那黑髮少女說的一樣安全……我下意識地轉身伸出手，原以為會有屏障阻擋，誰知道卻像什麼也沒有一樣。

「這是可以任意走出，卻不能任意進來的結界，所以，請放心吧。」黑髮少女解釋。

「為什麼妳會在這裡？艾比？」我喊著她的名字，試探性地詢問。她沒有否認這個名字。

看了我一眼後，關切地說道：「這個問題等你們先進去後，我再解釋吧！這裡很寒冷，再加上剛剛的戰鬥你們應該累了，而且冬司少爺，我建議你還是先進去『解咒』喔……」

「解咒？」

「你身上那種黑色的液體，如果不儘快處理掉的話，很可能會把你的意識侵蝕掉。」黑髮少女語出驚人地表示。

「真有這麼嚴重嗎？」世音大為驚詫地追問。

「這是我偶然聽到的，曾經有個軍人身上也沾附了這種黑色的液體，因為隔天那些液體就全數不見了，所以沒有處理，原以為不會有任何事情發生，可沒想到，那軍人後來就像失心瘋一樣失控了，聽說到現在還像一個瘋子一樣無法根治……」

鼻頭微微抽動了下，黑髮少女皺著眉說道：「用我們的說法就是精神突然出了狀況，所以，冬司少爺，請你一定要即時處理掉身上的液體喔。」

「失心瘋……嗎？」我暗自躊躇。

黑髮少女沒再多說什麼，逕自踏入空間、打開了門，示意我們進去。

我們跟著踏進小屋，小屋裡是個虛擬的空間，不過很真實地仿擬了房間的分劃，房門都出現在旁邊和前面的兩道。

而在虛擬的客廳中間，有個陷進地面的方形地方，包圍住一個由柴堆成的火爐。火爐前，有個女人背對著我們坐在那裡。

「妳回來了啦？月漓？」女人轉了個身。

我頓時陷入了一片混亂，這……這聲音……這……這張臉孔……

「我現在不是月漓，我是艾比。」黑髮少女糾正了女人的說詞後，又轉向我們，「對了，他們是剛剛那股魔力的來源……」

「媽媽?!」

不等她說完，我立刻排開她衝向那女人，「媽媽？妳為什麼會在這裡？」

不可能的！為什麼我媽媽會坐在這裡？

「咦？你是誰？」那女人偏頭看著我，表情充滿迷惑。

「是我啊！冬司，媽媽，妳不可能忘掉我的！」

「……你可能認錯人了吧？」女人有些困擾地朝我笑了笑。

「妳在開什麼玩笑啊……」

我忍不住想怒吼，可一瞬間激盪的情緒又冷卻了下來，對了，我忘了，我身處的並不是自己的世界，眼前的這個女人，她或許跟我媽媽很像……真的很像！但，又怎會是我的母親呢？

或者，只是偶然長得相像的人吧？

「冬司少爺？」黑髮少女不解地眨著眼。

「不，沒事……可能我真的認錯人也說不定。」我苦笑了聲，轉身只想暫時離開。

那女人卻反過來主動拉住我的手，「對了，看你身上的黑色液體，你們剛剛是遇上了怨靈吧？」

「是的。」世音連忙道，朝我使了個眼色示意我稍安勿躁。

「那就得快點替你們解咒才行喔，不然的話會被『侵蝕』掉……」那個女人拉住我的手，讓我坐在她旁邊，手上也不知何時拿起了張像符咒的紙條，「特別是你喔，身上的黑色液體也未免太多了吧！你是直接跟它拚命嗎？」

「咦？嗯。」我點點頭。

「跟它拚命還可以完好無事來到這裡，被他知道應該會嚇一跳呢！」女人溫柔微笑，「你們也一起坐過來，先暖一下身子吧！一會兒要不要也一起吃飯呢？」

「真的可以嗎？」世音一臉期待地說道。

「當然可以。」女人「反正現在這個地方到處都有怨靈侵襲著，出去只會很危險，不如留下來吧！」

「那麼，謝謝招待了……」世音主動拉的月兒在另一側的沙發坐下。

「嗚——」月兒突然發出了一陣焦躁地低聲嗚吟。

冷不防，虛擬的房門被推開。

我回頭望去，只見進來的是個一頭白髮和長鬚子的老頭。

我腦中的思緒頓時打了一個結。

「啊——」老頭詫異地低叫了一聲，目光在我們身上轉了一圈，然後，平靜地關上了門。

「夏洛克！」我猛地站起身，雙手冒起火焰向他衝了過去。

但我的拳頭快要揮到他的面前時，他閃開了，緊接著還沒等我反應過來，我就已經被他掐住了脖子。

「你是怎樣來的？」他沒有下死力，純粹只是限制了我的動作。

「跟你沒關係……這跟你一點都沒關係！」我充滿敵意地瞪著他，沒想到……沒想到居然會在這裡遇到他！

「是嗎？」夏洛克嘆了口氣，鬆手放開了我，「雖然我曾經說過你有殺我的權利，但是，這遊戲好像還沒結束啊……」

「那又怎樣！」

我一個反掌又抓住他的手，同時讓自己的雙手燃起更猛烈的火焰，但就算手被燒灼，夏洛克的表情仍然很輕鬆，而我的魔力卻像被吸去了般不斷源源地流失。

就在這時，世音悄悄繞到他的身後，舉起裝填好箭的弩，扣下扳機——

……死老頭！你這次死定了！

我幽幽冷笑。

卻不料，夏洛克就像後腦有長出眼睛一樣，頭也不回把手往後伸出，那支箭倏地停留在半空中，下一秒突然燃燒起來！

這是什麼巫術？會魔法的人連第六感也很發達的嗎？

我既驚愕又不甘心地掙扎著。

夏洛克的視線轉到世音身上，「而且，我可不記得有妳這個操同使。」

「你不知道沒關係。」世音煞白了臉，強自鎮定地說道：「我跟他們是朋友。我是靠自己的力量，跟著他們來到這個世界的。」
「不錯啊……我欣賞妳。」夏洛克不冷不熱地說道。
「我才不想被你這種人欣賞！」世音狠狠地數落著他，「你知道你在做多過分的事嗎？冬司、蛋白、流馬和利莉，甚至是其他跟冬司他們一樣的人，都因為你而走到這個地步啊！」
「那又怎樣？」夏洛克反問。
世音一時語塞，愣住了。
「我實現了她們的願望，相對的我想她們也該為我做點事，就這樣而已。」夏洛克淡淡地說道。
世音的視線轉到我身後，我想她是看著月兒，她的表情透著濃濃的遺憾、難受與不忍。
而我因為是正面向著夏洛克，所以，看不到月兒在露出什麼表情……可，我卻能想像那雙嫩綠的眼眸，她純粹而天真的神態。
「就算……就算想知道人類的慾望可大到哪種程度，也不用這個方法去驗證吧！」我積聚起魔力，盡全力踢向夏洛克的腹部。
他被我踢到門邊，因為感到痛楚鬆開了手。

察覺力量好像恢復了少許，我搶一步就要揪起夏洛克，才碰到他的衣服，卻聽他大喝了一聲！霎時，我只感到視線一陣翻轉，背脊猛地一陣強烈的碰撞！

赫然被這股力量給擊飛，我整個胃一陣翻攪差點沒嘔出來。

「……媽媽！」月兒喊著我，撲到我的身邊，

我仰起了頭，神色鐵青。

「既然遊戲還沒完結，而你又來到這裡，我相信我的壽命差不多到盡頭了呢。」夏洛克慢慢地走近我們，漠然說道。

倏然，弓箭被發射出的破空聲響起，夏洛克看也沒看就把手向旁一伸，箭就突然被固定在空氣之中，任由火焰燃燒著，然後掉落到地上，化成灰燼。

我望向世音，她用驚訝的表情看著眼前所發生的事。

「小姑娘，看來妳還不知道這個世界屬於稀少存在的魔法師，是幾乎是違反一切定律的存在啊！尤其魔法師越是高級，這現象就更加明顯。」

他的眼神不帶任何煞氣，世音卻雙腿發軟、渾身顫抖，「還是妳覺得這次自己會命中嗎？」

「夏洛克，不要對客人做那麼過分的事嘛。」那個長相酷似我媽媽的女人向夏洛克說道。

「不要緊的，我認識他們，這對他們來說應該是家常便飯，不算是什麼的。」夏洛克笑了，彷彿十分有趣地望著我，「你那套格鬥技巧，也是維爾教你的吧？我還在想他這幾年不知去了那裡，原來，他是真的到了另一個世界啊……」

我不知道他為什麼突然扯上維爾，他的表情、他的語氣既不像是懷舊，也無關於怨恨，我無法理解他到底在盤算些什麼，索性保持沉默。

「少年，你想把我殺掉只是時間的問題，我也可以向你保證那是很快就會發生的事，不過，在這之前，我想你可以幫我一個忙，好嗎？」

「看樣子，我根本沒有說不的權利。」我冷冷說道。

夏洛克笑而不答，轉向世音：「那邊拿弩的女孩，妳也有興趣幫忙嗎？」

世音沒有立即回話。

「我只是想讓你們跟我一起殲滅怨靈。」視線在我和世音之間來回，夏洛克淡淡地說道：「在我休息的這段時間，我可以等你們考慮。」

話一說完，他逕自打開了我身邊的門，然後，走了進去。

臨關上門之前，他又留下了一句話：「如果你們拒絕的話，我也沒辦法。你們還是可以待在這裡，不過相對的，你們要儘可能幫那女人的忙，直到下次補給物資時，你們就給我滾出去歐尼斯特鎮。」

但如果你們會答應的話，這裡留到何時都有問題。而且在怨靈全數消滅之後，我很可能會直接讓冬司殺掉唷。」

他意味深長地望著我，「對了，現在遊戲還沒完結，就算找到我也不可以跟我要求任何的願望喲。」

我漠然地回望著他，「現在，我的願望只是想殺了你。」

房門被關上了，他的笑聲仍舊在這個空間仍然迴響。到底他對死亡有多不恐懼，我完全無法想像。

「對不起……他對你們做了那麼過分的事。」那個女人說著，朝我們歉疚地笑了笑。

我默默地爬起來，張了張嘴很想說些什麼，但面對她，聲帶卻無法隨意震動。

「媽媽……」月兒不安地望著我。

「我沒事。」我安撫似地朝她搖搖頭。

那女人很快地又坐到我的身邊，重新拿起符咒繼續幫我進行「解咒」的工作。

她真的很像我的媽媽，但她整個人雖然看上去很精神並不呆滯，可雙眼好像很無神似地，只要留心一點的話，就會發現她的眼睛，真的沒有一點由該由眼神所散發出來的神采，就像被囚禁著一樣。

但，從她的表現看來又不像……
「我的臉，有什麼奇怪的東西嗎？」那女人突然湊近了我，笑著問。
「不！沒有……」我連忙轉過臉去，可忍不住又藉由眼角的餘光打量著她。
她的眼神，還是如我一開始看到的一樣，一股莫名的焦躁不由得從我的心底深處瀰漫開來，我開始覺得多待在她身邊一刻，都難以忍耐……
所幸，解咒並不複雜，耗費的時間也不長。
一等那女人收手，我幾乎立刻迫不及待地遠遠逃開了。
而那個女人則彷彿整個人都很疲倦般地癱靠在沙發上。
酷似艾比的少女簡單地對我們交代了聲，因為沒有多餘的房間，只好讓我們暫時睡在客廳中。這對我們來說並不是太大的問題，我有可以用自己準備的睡袋。
至於月兒，她的身形剛好能夠跟世音擠在一起。
那少女把我們都安排妥當，抱著那靠酷似我媽的女人進了其中一個房間，就沒再出現了。
「冬司。」
「先看看情況。至少，我們得好好休息、恢復體力，再設法跟卡娥絲聯絡，總之，先忍耐過這一夜再說吧。」

我心中有很多的疑問，有很多的話想跟世音好好談談，可現在都還不是時候……這間虛擬的小屋，雖然是夏洛克的地盤，而且存在著太多不確定性，可至少，提供我們一個暫時安全的庇護，比起在這個全然陌生的大陸亂闖，碰上怨靈，好太多了。

深夜。

虛擬的客廳裡，靜得連外頭的風聲也能夠聽到，我清楚地聽見某個房門打開了，是那個女性和艾比的房間。

腳步漸漸變得很清晰。

藉著外頭的月光，我隱約看到了那對黑色的兔耳。

「……冬司少爺。」

「嗯？」

「雖然有點打擾到你，但我有點事想跟你說……你願意聽嗎？」

「沒問題啊。」我起身離開了睡袋。

她走到門口、稍微打開門走了出外。

我也跟著她走了出去。

寒風就迎面吹來。這種風比起我所感受過的冬風更加刺骨。畢竟在那個世界裡，我所住的地方，冬天是沒有雪的。

我望向她。她仍然戴著黑色的眼罩遮著自己的右眼睛。

「妳的右眼……出了什麼事嗎？」現在我才留意道，她的眼罩幾乎把自己的半張臉遮著了。

「沒事，這只是把我體內的另一個靈魂暫時封著而已。」艾比解釋。

「另一個靈魂？」

「嗯！這個身體並不是我的。」略頓了頓，艾比又補上了句：「這個身體，是屬於那自稱是月漓的黑兔。」

「那又為什麼妳會在這裡？妳不是已經……」我深吸了口氣，有些艱澀地說道：「妳不是已經死了嗎？」

「嗯，我的確已經死了，但是……」她的黑色兔子耳朵和頭垂了下來，拉起我的手按到她自己的胸口上。

因為這種突如其來的奇怪舉動，我嚇得想把手縮回去！

但她卻把我的手拉回。「你能夠感覺到嗎？」

「感覺到……什麼？」

我被迫接觸著她的胸口，卻搞不懂她到底要我感受到什麼……我只知道她的心跳確實存在著，被她拉著的手，也能感覺到屬於生物存在的體溫，很溫暖。

縱使她穿著的那看似很厚重的黑色洋裝外，只披了件外套，我看上去很冷就是了，但，她並沒有因為冷而顫抖。

「就在生物上，冬司少爺感覺到我還存在的證明嗎？我的心跳、我的體溫……就算這副身體不是我的，但我真的很想回到主人的身邊。」

微垂下目光，她輕聲說道：「就算在那時的確是把我當作工具，但最後主人仍然抱著我。我真的感受到，她仍然愛著我……我是知道的。在離開前那一刻，我有找過她，看到我離開得愈來愈遠，她還是追著我而來。」

「找過她？」

「是的。那時，我說過我會等著她的。」

「所以，艾絲才會衝到海上……」

難怪那時她總是說有人在等著她什麼的……原來還有這一層源由在。

回想起當時的情景，我忍不住還是十分感慨，而就在這時，我的手心裡隱隱傳來了一陣屬於艾比的悸動。

「主人……主人她現在怎麼了？」她驚慌地伸直了兔耳，睜大了雙眼直盯著我看。

「艾絲沒事，最後，我把她拉回來了。」

我想了想，儘量委婉地告訴她：「但是因為妳，她悲傷得不知道怎樣形容……她很憔悴，我上次見到她時，她的雙眼很紅，而且也有明顯的黑眼圈。」

「是嗎？但她沒事就太好了。」艾比長鬆了一口氣，目光卻還是透著淡淡的憂傷。

「那，妳是怎樣復活的？」

「那時，我真的很想再回到主人的身邊，我不知道自己究竟是去了哪裡，只覺得整個世界都是一片火焰燎原，而就在那一刻，那個老人又再次出現在我面前。」

「老人……是指夏洛克嗎？」

「是的。」艾比點點頭，「因為他，我才能夠用這樣子的方式復活過來了。他說過，因為我充滿著靈性和思念，所以才會知道我的存在。」

「那……現在的妳還要再次戰鬥嗎？」這是我最不願去碰觸的問題，但我不得不問。

「他沒有這樣說過。」

艾比搖搖頭，略想了想又道：「他只是對我說要保護那個女性並且成為她的魔法生物，以此作為條件，讓我用這種方式復活，就這樣而已。」

她的聲音有些顫抖，更加使力地握著我的手，「而我抱著活下去的話，就可以再次看到主人的這種想法，想也沒想就答應了。但，這裡卻不是我們的世界……」

「那麼，他跟妳說過關於那個女性的事嗎？」

「沒有，但那位女性，是冬司少爺你最重要的人嗎？剛剛一來到你就……」

「我不知道……」我啞聲道，空著的另一隻手緊握起拳頭，「她真的很像我的媽媽，但，也可能只是這個世界裡跟我母親擁有同一個樣子的人吧！」

「對不起……」艾比呆愣了愣，然後放開了手，「我不知道該怎麼……」

「現在，我只想把夏洛克殺掉。」我甩甩頭，無奈地苦笑，「只可惜很難得才能夠來到這個世界，而他也就在我面前，我卻不能對他做什麼……」

「為什麼冬司少爺非要殺掉他呢？」艾比用十分疑惑的眼神望著我。

這個問題，讓我頓時感到一陣迷惘。

明明答案一直就在我心中重複著，可卻無法說出口。事實上看到艾比仍然存在，我更加迷惑了，我不懂為什麼夏洛克會把艾比復活過來？為什麼執意要保護著那個女人？我搞不懂。

到了現在，我仍然要把他殺掉嗎？

「我不知道……」真的不知道。

明明一直就存在的堅持，在看到那個女人和眼前的艾比，不知為何開始變得模糊了。

「是這樣嗎？」艾比別過了頭，輕輕說道：「冬司少爺，我還能夠回到主人的身邊嗎？」

這回，她的手按著自己的胸口，「我真的……很想回到主人的身邊。就算不能，我也想看到她一面。」

「我不知道……」未來的事情，誰又能說得準呢？

就連我自己都不確定自己在這個異界，能不能實現心願，又怎麼去給他人保證？

「說得也是啊。」艾比輕笑了笑，深黑色眼眸閃著溫潤的光，「冬司少爺，還能夠和冬司少爺像這樣子對話，在這個陌生的世界再次遇到冬司少爺，其實我是感到很高興和安心的。謝謝你。」

「我也是。」我由衷道。

「對了，在進去之前我想說一下，這個身體的主人月漓，一看到蛋白之後就一直吵嚷呢。」艾比俏皮地朝我眨眨眼。

「吵嚷？」我越聽越迷糊了，「對了，那個月漓到底是誰？」

「嗯！因為用的是同一個身體，思緒或多或少都連接了起來，其實她是……嗚！」艾比慘叫了聲，突然用力抱著自己的頭。

「妳沒有事吧？」我趕緊扶著她。

「沒事……」艾比笑著搖搖頭，「她剛剛吵著叫我不要說出來，因為，她好像很討厭冬司少爺你的。」

「……到底為什麼啊？」

這沒頭沒腦的一番話，把我完全搞糊塗了。

「可能，明天的我將會是月濎吧。」艾比又輕輕地笑了，「她真的很想、很想待在蛋白的身邊，現在，她在我腦中不停地嚷著快點把主導權讓回給她，又說我已經霸占了主導權一整天很不公平，又說要黏著月兔，說要待在月兔的身邊之類的。」

看來，那隻叫月濎的兔子好像還很有趣的……

我聽著也跟著笑了。

然而，她卻像很痛苦一樣地又抱住了頭。

「妳真的沒事嗎？」

「嗯，趁我還能夠控制自己，我們還是快點回去吧！」艾比有些赧然地笑了笑，「我也不想讓月濎在深夜裡打擾你們。」

我們一起回到屋，她向我說了一聲晚安之後就回到和那個女性的房間去了。

我重新鑽入睡袋，突然想起那個月濎為什麼會知道月兔這個名字外還想著要接近她？

ch4 超越思念的覺醒

「好痛！」

酣夢中陡然感到一股劇痛，我立刻睜開眼。

「艾比」就在我的面前，掛著一臉不爽的表情，用力地拉扯我的臉頰。

「咦？艾比？」我的腦袋一時當機，運轉不過來了。

「艾比？」姣好的臉孔逼近我，赭黑色的單眼微眯，「你說的是那個一天到晚嚷著要見什麼主人的傢伙嗎？現在的我，可不是艾比喔！我可是月兒的戀人耶！」

……不是艾比？什麼意思？

這張臉孔、這聲音……不就是我很熟悉的那個艾比嗎？

不過話說回來，好像又有點不一樣……雖然聲線相同，但語氣卻不像她一貫的沉穩，而是給人一種很稚氣的感覺，還有，那突發性的「月兒的戀人」的宣言，到底是怎麼回事啊？

我朦朦朧朧的想著，思緒一時還來不及轉過彎來，就見那隻黑兔蹦跳著，像是旋風一樣撲上了一旁還在呆愣中的粉紅兔子。

「月兔、月兔……」黑兔子左拉右扯，間或貼上去蹭著柔軟度不相上下的臉頰。

「嗚……媽媽，救我……」粉紅兔子慘遭蹂躪的淒厲嗚叫。

「媽媽？妳說那個笨蛋模樣的傢伙嗎？喔、喔！月兔妳為什麼會變成這樣？又老是待在這個笨蛋的身邊，我真的受不了耶！」

化身成口香糖，黑兔子死命地黏在粉紅月兔身上，「我一聽到那個笨蛋老頭說只要保護一個人，和跟另一個人共享同一個身體，就可以成為人類，我就想也沒想就答應了耶！因為我也想用別的形式待在妳的身邊嘛！」

「嗚……」

月兔的兩隻耳朵都豎直了，水綠色的眼眸泛著濕氣，看樣子很可能下一秒就直接召喚「白雷」了！

「但，妳卻整天跟這個還在睡覺的笨蛋在一起！」

黑兔子拋來一記眼刀，射向我這隻無辜被殃及的池魚，接著，回頭繼續用力蹭，「我們就像以前那樣整天黏在一起，不就好了嗎？」

「妳這個笨蛋才給我適可而止好嗎？為什麼我現在認識的人都這麼極端啊?!」世音終於忍無可忍、無須再忍的爆發了。

收拾完「艾比」之後，她抬起滿眼血絲地瞪著我，「唷──你醒了啊！」

「嗯。」我立刻回過神，從睡袋裡爬起身望著那個「艾比」。

現在，她的眼罩遮著了自己的左眼，露出的右眼珠竟是紅色的，感覺如鬼魅般有點恐怖，尤其，她望著我的眼神遠不像艾比那樣溫柔……該怎麼說呢？

如果之前那個「艾比」真的很像月兒的話，現在這個根本就是把月兒給拉到鏡子前，除了眼罩和髮色不同之外，簡直沒有分別。

只不過，她的眼神始終是銳利的。

也因此比起眼神看似柔弱的月兒，她感覺上好像更具有攻擊性。

「你在看什麼？」她噘起了嘴、瞪著我，表情看起來相當不高興，可是卻意外地減少了一點銳利感，意外地有些可愛。

「妳就是月漓吧？」我忍不住感到好笑地反問。

「是又怎麼樣？」她還是一副不友善、不合作的態度。

我實在是有點不明白了，照理說我們應該算是第一次見面，為什麼她卻好像很討厭我的樣子？

「咦？你們認識嗎？」世音滿臉好奇，視線在我們之間來回地轉。

「算是吧！」我不置可否地笑了笑，「當然，如果不是艾比說明了狀況，我想，我大概也搞不清楚眼前的人是誰……」

沒等我說完，月漓就搶著反擊了，「我也完全搞不懂，你這種人怎麼能讓月兔喜歡你！明明就是一張呆臉……」

「妳就算問我，我也不知道啊。」神色一斂，我直接了當地問了：「不過，為什麼妳會知道月兔這個名字？」
「因為，你以前就是叫她這個名字啊！只有她！」
月漓恨恨地說道：「而我不管怎樣黏著她，她就只會對我忽冷忽熱！為什麼你要介入我和她之間？我最討厭就是你了！」
……以前？
我越聽越是迷糊，完全被她弄得一頭霧水了。
世音一向藏不住話，沒等我弄清楚直接就開口問了：「妳到底是誰啊？為什麼一看到冬司就開口鬧他？」
「我就是那小屋裡的兔子！」微撇了撇嘴，月漓不太情願地說道：「根據我從那個艾比的思緒中讀到的，那是叫兔屋對吧！」
「啊——原、原來如此！妳是……」
這下我總算想起合宿旅行結束時，碰到了校工，的確曾提到有隻黑兔不見了。
這麼說來，化成人之後的月兒一起去兔屋時，她所抱著的兔子就是眼前的這一隻？
「那……月漓這個名字是妳根據月兒取的嗎？」
她超級用力地點點頭，兔耳朵像是故意一樣跟著節奏敲打我的頭雖然不痛，但掃過鼻子時，總會令我有點要打噴嚏的感覺。
為免再刺激她的情緒，我只好向後靠著身子。
「雖然不服氣，但月兔的名字有月字我也要，你有什麼異議嗎？」她戳著我的胸口，表現得十分沒禮貌又霸道。大概是因為討厭我，才會這樣對我吧。
「這又沒什麼……」一直在旁邊聽著的世音忍不住搖頭。
「才不是沒什麼！」月漓執拗地說道。
看來似乎是因為同體的關係，她的的語言能力比月兒高出很多。不然在那個小屋中，又怎會培養出這麼高的語言能力呢！
我心想著，正打算進一步多了解一點訊息，這時，房門被推開了。
「年輕真好嘛……」
低啞的聲音剛過耳，夏洛克便晃悠悠地從房門口走了出來，邊打著呵欠，整個人散發出有點懶散的氣息。
我跟世音一瞬間繃緊了神經，氣氛頓時凝結了起來。
「啊——早安。」夏洛克似笑非笑地瞟我們一眼，「雖然，我明白你們是不會跟我說早安啦，但，心情還是很落寞呢！」
「夏洛克，早安。」月漓自若地和夏洛克打著招呼。

夏洛克笑了笑，又問：「對了，秋呢？」

「還在睡覺，現在還很早啦……」

月漓喳喳呼呼地說著，可我的耳朵裡只聽見了一個字，秋……那是我媽媽的名字！

「夏洛克，那女性到底是誰？」我強做鎮定，雙手卻不由緊握成拳頭。

他用手抓了抓後腦勺，幾不可聞地輕嘆了口氣後，卻問：「少年啊，跟我去一個地方好嗎？當然，我不會對你做什麼的。」

我一言不發地望著他。

他也不再說什麼，逕自走回房間裡，沒多久，又拿了兩個木桶出來走向門口。

「夏洛克……」

「我先去外面打點水燒熱了，你們趁這個時候也梳洗一下吧，梳洗的地方，就在那邊。」他指了指旁邊的房間，說話間，人就走出去。

「冬司，你要跟上去嗎？」身後，世音點了點我的肩膀。

「嗯，我想跟上去看看。」

「但，好像會很危險啊……」

「媽媽，我也去。」月兒拉了拉我的衣角。

世音聽了好像還想再說些什麼，但又什麼話都沒說出口。

「放心吧！我會回來的。」我朝她笑了笑，「我不會跟他動手的。就算我現在想出手，情況也只會像昨日一樣，連碰也碰不到他。」

「我知道你不會貿然去挑釁他，但他可能會……」世音咬了咬唇，欲言又止。

「如果他要向我們下手，大概早就下手了。」

「也對，那你和蛋白要小心一點。」

「不如妳也一起？」

「我想留在這裡。」

「嗯，我知道了。」

我還想再說些什麼，卻見月漓用力地站了起來，對我哼叫了一聲，轉頭走回她自己和那女人的房間去了。

這時，夏洛克提著兩桶水又回來了。

等他把剛剛打回來的水燒熱後，我和月兒就表示要跟他出去走走。

於是，夏洛克手上拿著一桶剛剛燒好、裡頭還冒著蒸氣的熱水，帶著我們出了小屋。我和月兒默默地跟在他的背後。

我們似乎是一直在往山上走。

不過也走沒多遠，身後木屋都還依稀可見時，他突然又停下了腳步，走近了路旁一個像是石碑的物體。

雖然被雪包覆得只露出一角，不過我大概也判斷出那是塊四柱石碑。

他走到那石碑前，放下了木桶並把雪撥開。

石碑露了出來，上頭卻沒有刻上任何花紋或文字。

「……這個是？」我忍不住好奇。

可話才說出口，我就很想把剛剛的話給收回了，為什麼我會這麼平心靜氣地跟他說話？明明他就是遊戲的創始人……可為什麼該因為落敗而死去的艾比，卻真正復活，而他又對那個像是我媽媽的人那麼執著？

只要一想到這裡，我的心情就開始矛盾起來，夏洛克到底是個什麼樣的人？搞不懂！真的搞不懂啊……

「這是塊墓碑。」夏洛克把手伸到木桶，用手心舀起了些水，慢慢地淋在石碑上。

「墓碑？」

「嗯。是夏娃的墓碑。」

「夏娃……」這名字我曾不只一次聽卡娥絲提起過，不就是第一個魔法生物嗎？

「夏娃是第一個魔法生物，也是你身邊的蛋白、流馬那隻貓女利莉，和艾比、月漓的始祖。」

「我知道，維爾和卡娥絲都跟我說了。」我也乾脆地說了，沒打算和他兜圈子。

「原來你真的認識他們，也知道那麼多事啊。」夏洛克看了我一眼，神情也不是太驚訝的樣子。

「你一點不驚訝？」我有些蓄意地提道：「我知道夏娃也知道莉莉絲的事啊……」

「莉莉絲……知道的話就不要提了。」抓起一把雪在手中揉散了之後，他在衣袍上抹了抹手，繼續為墓碑「淋浴」。

看來，那件事對他的影響真的很深……

我略一尋思後，開口道：「那麼，我想問你一件事。」

「只有一件而已？」夏洛克似笑非笑的看著我。

「咦？」

「你應該對那個女人充滿興趣吧？」他說。

「她……真的是我的媽媽？」我試探性地問他。

「對。」

「但是……她不認得我啊！」為什麼媽媽會在這裡？她是怎樣來的？問題實在太多了！我的腦袋瞬間有種被炸開的感覺。

「那是當然的。」夏洛克毫不在意的表示：「因為我封印了她的記憶，暫時把她的記憶改寫了。」

「你到底想怎麼樣？為什麼這麼對我媽媽？」我憤怒地嘶吼著，恨不得立刻動手。但我根本無能為力。

因為我和他之間的實力，實在相差太遠了。

「因為，她曾經自殺。」夏洛克淡淡地說道。

我一愣，全然無法置信地低吼：「怎麼會？為什麼我媽媽會突然想自殺？到底是為什麼？」

「因為，你的爸爸死了啊。」

「怎麼……怎麼會？」我幾乎不敢相信地喃喃自語，等回過神來時，我已經抓著他的黑色披風。

「因為我救了你。」

而他就這樣子任我抓著，漠然說道：「就因為我救了你，因為我執著地救回了瀕死的你，才會影響到那個世界的因果律。」

「那你為什麼要救我？我死了不就好了嗎？」我緊揪著他的衣領，朝他怒吼：「如果我死了，我媽媽就不會失蹤，我爸爸也不會死！為什麼你非要把我牽涉在內？為什麼啊？夏洛克！這世界明明有很多跟我一樣的傢伙，為什麼偏偏就是我？」
「我不知道……我不知道為什麼是你？為什麼你在我的夢中不斷出現？」
夏洛克彷彿自語般呢喃：「甚至，我不知道為什麼你明明該死掉，身邊卻又不斷有兔子的思念？
你死掉的影像，一直在我的腦海揮之不去，動物居然也有對你的思念，也令我很好奇啊，然後，我才發現更多的思念也全部跟現在的你有關，所以，我決定要救你。」
他的目光牢牢鎖著我，透著幾分精銳、幾分瘋狂，「明知道會帶來影響我也要救你。」
「那為什麼你還要創造這遊戲？」
狠瞪著這將我的運命玩弄在掌心的老人，我一口氣吼出了所有的疑問：「為什麼明明落敗的艾比會復活？為什麼你要囚禁著我的媽媽？」
「這個遊戲，也因你而起。」
「這個遊戲……因我而起？」
「因為慾望。」
夏洛克幽幽說道：「那晚起，我就相信人類可以為了達成慾望而不擇手段，那個艾比的主人，就是一個例子。我只是不懂，為什麼你當初不像她把那個貓女殺掉呢？」

「因為她同樣擁有生命也有思念。」

我看著他，再認真不過地說道：「就算她不是人，她也有喜歡的人，而她喜歡的人，也同樣喜歡著她！為什麼我要殺掉她？為什麼我要拆散她和她的主人？就算是艾絲，到最後，她也因為艾比而在我這個她所討厭的男人面前哭泣啊！」

「難道你沒有慾望嗎？」夏洛克玩味地反問我。

「從小我就知道人死不能復生，就算我真的很想我爸爸、媽媽能回來，但，我絕不想因為其他任何人的死亡而實現這個願望啊！」

我承認人類總是有著各種的野心和慾望。

可這樣的野心和慾望背後，往往也有著自己堅守的底線和原則。

這是我最真實的想法。

「你還真有趣！你的反應，簡直跟艾絲一模一樣。」夏洛克放聲大笑了起來。

「到底艾比為什麼會復活？」

「因為她的思念仍殘留在那個世界。」夏洛克盯著我，眼神中有著老人的滄桑，和孩童天真的殘忍，「你們這世界的生物實在太有趣了，所以，我才讓她以別的形式復活過來。」

「這樣玩弄別人的生命和靈魂，你這個人……真的爛透了。」我恨恨的甩開他。

「對，我真的爛透了。」夏洛克嘿笑了幾聲，無謂地聳聳肩，「我真是爛透了，竟然用心去保護著一個曾經想要放棄一個家庭的女人。」

「你別拿我媽開玩笑！」我冷冷地警告他。

「好、好，我就不說，我也不想在夏娃的面前跟人吵架。」他蹲下身，摩挲著墓碑，「你手吧，我想說的話就這麼多了。」

「她不是沒有靈性的生物嗎？為什麼會有墓碑？」我沒有手，順著他的目光望回那塊墓碑。

「我不知道。」

夏洛克起身走到我身後，摸了摸月兒的頭，「我也覺得為一個不知道我在拜祭的人設墓是很傻的事，但這都不重要，就算沒有靈魂這東西也好，我只想把她存在過的證明加以保留，就算只有我知道。」

月兒沒有擺出任何警戒的樣子，水綠色的目光定定地望著夏洛克。

「這兔子的性格跟夏娃很像。」夏洛克嘿笑道：「就是跟夏娃很黏卡娥絲這點有點不同，這兔子似乎更黏你。」

我也望著身邊的月兒，突然有點了解卡娥絲看到每次見到月兒時複雜的目光，和內心的想法了。

「少年，你真的很有趣。竟然在擁有慾望的前題下，還能夠不殺掉任何魔法生物，你真的很有趣。」夏洛克意味深長地看著我，「這樣，就算我死在你的手上也值得了。」

「我殺不了任何人包括你，我沒有那種力量……」

「不久的將來，你一定會有。」夏洛克蹲回到那個墓碑前，繼續用熱水慢慢地澆沐著墓碑。

之後，我們再沒有說過話。

我和月兒就這樣默默地看著他為那個墓碑淋浴。

直到熱水都用完了，他才拿起了木桶。

「回去吧。」他說。

「最後，我想問你一個問題。」擦身而過時，我叫住了他。

「問吧。」

「我媽媽……你幾時才會解開她的記憶？」

「總之，不是現在。」夏洛克含糊不清地表示。

「是因為這遊戲還沒完的關係嗎？」我再又追問，盡量強迫自己要冷靜。

「不是……總之就不是現在，懂了嗎？」

夏洛克說完，頭也不回地向木屋走去。

我望著他的背影，一瞬間感到無比的茫然，千辛萬苦來到這個異世界，現在，我還要做什麼？我的目標又是什麼？

我還要殺掉夏洛克嗎？還是……

我腦中的思緒糾結成一團，完全沒有任何頭緒。

「媽媽……」月兒扯了扯我的衣角。

我回過神，「走，我們先回去吧。」

回到小屋，月漓就坐在中間的爐灶旁發愣地望著牆壁。

聽到門聲，她回過頭把視線轉向我們。

「夏洛克生先、冬司少爺、蛋白小姐，歡迎回來。」

「我回來了。」夏洛克點了點頭回應，然後，走到牆角放下木桶。

「妳在做什麼？」我問。

「待機。」她笑了笑，單眼彎成了一個半弧。

我這才發現不知何時她的眼罩又遮回了右眼，那就是說她現在是艾比的狀態了。

身為小狗的艾比，總是很忠於主人的命令，也因此，我有時會覺得她頗像機器人。

當然她擁有自己的思想跟靈魂，絕不只是冰冷的機器。

我笑了笑，環顧了下四周：「對了，世音人呢？」

「跟秋小姐到後院去了。」艾比說道。

聽她這麼一說，我才注意到確實有弩箭發出的聲音，從夏洛克的房間中莫名其妙地傳出來。

「真是的……」夏洛克嘆了口氣，推門逕自走了進去。

我看著他刻意沒有掩上的房門，好奇地跟了進去。

一進入房間，我不禁驚愕了一下，四周都是被刨得光滑而幼細的木條束在一起，一堆堆地放在房間的一角，旁邊是一張工作桌，工作桌的旁邊半開著另一道門，大概是因為夏洛克剛從那裡走出去的關係，門並沒有關上。

這屋子與其說是房間，倒不如說是個工場。

我興味盎然地四面環顧著，一邊走近了那張桌子。

桌面有點凌亂，上頭擺放著的一個畫架立刻吸引住我的視線。

相架上，是夏洛克和某個女孩的合影，畫工十分精緻。

這個就是那個叫夏娃的魔法生物嗎？

這個女孩，真的很像月兒，但是……

「你在看什麼？」熟悉的女性聲音，冷不防從我身後傳來。
「沒什麼，看一看而已。」我連忙放下畫，轉過身。
「原來，是這位小姐啊……」艾比托著下巴，嘆了一口氣：「別人的東西，還是別隨便亂碰喔！而且這個畫架，對夏洛克來說好像很重要，就是因為它，夏洛克老是不讓我整理一下桌面，很讓人困惱呢！」
就在我的眼前，我母親用我熟悉卻全然陌生的眼神，一直望看著我。
「很像啊……」良久，她突然雙手摸著我的臉頰。
「咦？」
「我以前也有個兒子，但是他有一日不見了……」她輕嘆了口氣，手也縮了回去了。
「是……這樣嗎？」勉強擠出個笑容，我艱澀地回答。
這個時候，我真的很想叫她一聲媽媽，但，那又怎麼樣？
我媽媽不知何故被夏洛克操縱了記憶，也受到他的莫名其妙的保護，在情況不明之下，我就算再想恢復她的記憶，帶她回家，可也完全不知道該怎麼入手，更不敢輕舉妄動……
這裡，不但是我完全陌生的世界，更是他的地盤，在不確定他的目的之前，我不敢貿然跟他硬抗，拿我媽媽來冒險。

只是，我沒想到我媽媽居然還記得自己有個兒子……這遠比起先前更為混亂的狀況，讓我的思緒又跟著糾結起來了。

「不知道他現在怎麼樣了呢……明明很想找到他卻一無所獲。」

……明明我就在妳的眼前啊！媽媽。

這句話我真的很想說出來，但她完全不認得我這個兒子，就算說了也沒有任何用處，這種感覺，真的很痛苦！夏洛克，到底為了什麼非要控制我媽媽的記憶？

「抱歉，要你聽我這樣的話，我得先去整理一下剩餘的物資了。」也許是看我神色不佳，我母親摸了下我的頭，往門外走去。

臨走前。回頭又朝我笑了笑，「對了，今天，好像有新的補給物資從歐尼斯特運過來，今天的晚餐可能會很豐富喔！」

「歐尼斯特？」

是昨天夏洛克提過的地方。

「是的，由這裡走出去的話，大概要走半小時才會到達的城鎮。」

我母親有些嚮往地說道：「我大約在半年前去過一次。那裡曾經是很美好的地方，雖然現在被怨靈侵襲著，但那裡的居民是很團結喔，那個地方，總是有一股讓人很喜歡的魔力。」

「那夏洛克為什麼不待在歐尼斯特，而是待在這個地方？」

「為了對付怨靈，夏洛克由以前開始就是站在最前線的地方。」

我母親解釋：「這個位置通常都沒有人敢擔任，更不用說補給或運送物資。不過夏洛克卻第一個站出來，擔任這個工作的人。這個森林其實尚未開發，除了怨靈，還有頗多未知的危險，直到當他開闢了一條運輸線，物資的情況才好了一點。」

對夏洛克的「豐功偉業」，我聽不進太多只關心一個問題：「那當他外出時，不就只剩下妳一個人嗎？」

「曾經是的，他也擔心我，所以才創造了魔法生物成為我的護衛。月漓是最近才來的新人，之前的一個已經戰死了。」

我母親深吸了口氣，表情變得很陰暗，「明明我就當她是自己的女兒看待，但，我卻無能為力。我不想月漓跟之前那孩子一樣，因為保護我而戰死了。」

「別擔心。」我輕輕握著她的手。

她溫柔地回望著我，可眼神……仍然十分空洞。

「不會有事的。」

按捺著自己的情緒，我強迫自己對她微笑，「我看過她戰鬥的樣子，上次若不是她的幫助，我們不可能擊敗怨靈的。」
「真的嗎？」
「嗯！她很強，不論她是月漓還是艾比。」
「太好了！」有了我的保證，我媽媽又重新露出了笑容，「那，我先去整理現有的物資了。」
她輕輕抱了我一下，轉身朝門外走去，臨走前，指了指那扇半開的門，「對了，夏洛克和那個弩女孩就在外面喔。」
「啊——好的。」
我目送著她的背影離開，然後，帶著月兒從後門走了出去。
一入眼，便看到寬闊的空地上放置了數個靶子，形式跟我們那世界的箭靶完全一模一樣。
世音正拿著弩，專注地向靶子射擊。
雖然箭矢都沒有命中紅心，但卻命中了面積頗為細小的靶子上也命中了圈內，這表示半個月來，世音真的下了很大的苦功跟努力。
然而夏洛克從旁觀看著，卻搖了搖頭，「因為箭矢的裝填和瞄準的速度太慢，勉強才有這樣的準確度吧？妳可以試試看加快裝填的速度嗎？」

世音橫了夏洛克一眼，放下了弩，走上前拔出箭靶上的箭矢，又站回原地，重新把箭裝填好之後，繼續向外射擊。

不過，可能是裝填和瞄準的方面做得比剛剛還要快，準繩度遠比剛剛的還要差，甚至有不少射向靶子外的情況發生。

「妳學習弩箭有多久？」夏洛克摸著下巴沉吟道。

「大約半個月，不過，以前也有學過拿弓。」

「單只看普通射擊的話，妳的確是皇都會搶著要的人才，但現在我們面對的對手並不是人類，妳剛剛的表現只是去送死而已。」夏洛克毫不留情地說道。

「嗯。」世音也不多作辯駁，淡淡地點了點頭。

這有些出乎我的意料，不過再一想，畢竟在訓練裡眾人也死過很多次了，對自己的程度，多少有點了解。

「裝填的動作只要不生硬就可以改善。」

或許是對世音坦然的態度有些好感，夏洛克放緩了口氣，十分耐心地解釋：「戰鬥要講求快和準，記住，妳手上的弩箭是殺人的武器，妳並不是為了喜愛射擊而射擊……」

「就跟你重來不是為了殺人而殺人一樣，對吧？」世音突然插口。

夏洛克沉默了一瞬，而後淡淡地一笑，「女孩，我想妳誤會了什麼……」

「可能是吧。」世音冷酷地回應道，逕自走上去撿起地上的箭。

「所以，妳真的有興趣協助我殲滅怨靈嗎？」夏洛克嘿然笑了一聲。

「如果冬司答應的，我無所謂。」世音冷淡地擺明了態度。

「你的意願呢？」

聽到她的說，夏洛克有些冷漠、有些嘲諷地挑了挑眉，轉頭望著我。

我應該選擇去協助嗎？

「就算你們憎恨我這種人，我還是會保護你們的。」夏洛克微瞇著眼，意味深長地望著我，「特別是你，少年。」

「為什麼要保護我？」我不解地反問：「明明我打算殺掉你啊！不管在任何時候。」

夏洛克眨了眨眼睛，嘿然低笑，「就是因為想被你殺掉，所以，我才更加要保護你呀。」

「你到底……是有多想尋死？」我不禁咬牙，內心有種說不出的鬱結與憤怒。

「那麼，拿弓弩的女孩，我會額外訓練妳使用弩箭的技巧。」攤開掌以魔法化出一把弓弩，夏洛克搭弓放箭，一擊貫穿了箭靶，「是上過戰場的意見喔。」

「我叫世音。」世音微咬了咬牙，偏頭與我交換了個視線後，點點頭，「我接受你的指導。但若是你傷害了我們之中任何一個，我同樣會把你殺掉。」

「隨時歡迎。」夏洛克放聲大笑。

就這樣，我最後還是選擇了協助他。

與其繼續這樣無所事事，倒不如投入消滅怨靈藉此磨練戰鬥的技巧。

反正，現在我的目標就在眼前，只要一有機會，不就可以立刻把他殺掉嗎？

我在心中這麼告訴自己。

但不知為什麼？我的內心深處，竟然開始有種不想把夏洛克殺掉的念頭……

世音同意接受夏洛克的指導後，就開始專注地投入弩箭的訓練。

我不想呆站在一旁，於是，退到一邊進行自主魔法訓練。

「把自己的魔力貯存好。」夏洛克冷不防又出現在我的背後，制止了我，「如果要練的，請去冥想。」

「為什麼要限制我使用魔力？」我忍不住反問。

「因為你擁有的是「無限魔力」，是最重要的戰力。」

印象中，維爾也說過我的魔力會自發性的膨脹，甚至曾經也限制了我使用魔力，一星期只可以使用一小時的實戰，其餘時間都在冥想。

這是他給我的限制。

不過經歷了夢中實戰訓練，難道……我的魔力還不夠多嗎？

我心念一轉，乾脆把大衣脫去、折起了袖子，那象徵的魔力來源的符文，已經延伸到我的手臂，遠超過來到這世界之前的情況，照道理而言……

「請問你有空嗎？」突如其來的問候聲，打斷了我的思緒。

我猛回過神，見我媽媽與艾比正在我眼前看著我。

「是的！有事嗎？」我放下衣袖，重新穿上了外套。

「嗯，是這樣的，我想請你去幫我去打幾桶水來。」

「好的，沒問題。」

「真是太謝謝你了！」我媽媽如釋重負地笑了，「今天的物資到現在還未到來，我不好走開，怕剛好物資到了你們又不會處理，還得讓他們等著，所以……」

「沒關係，就交給我吧！」

「嗯，那就拜託你了。從小屋外走上去，有條河還沒有結冰……」我媽媽想了想，轉頭看了看身旁的黑色兔子，「艾比，妳可以帶他去嗎？」

「是的。」

「我也要去。」月兒扯了扯我的衣角。

「那，就辛苦你們了。」我媽媽輕輕拍了下月兒的頭，遞給我們兩個木桶，「用這個容量的話，大概走三趟就差不多了。」

我們跟著她，離開了練靶場。

我媽媽將我們送出了門口。

「您自己一個人……不要緊嗎？」站在結界外，我也些不放心地詢問。

「有夏洛克在，就算只有我也可以放心的。」我母親開朗地笑著說：「而且，那個拿弩的女孩好像也很強呢！我看過她的技巧，完全不像只練了半個月似的。」

「她曾經學過，所以對她來說不難。」

「原來，你們是從皇都來的嗎？」我母親有些驚訝地掩著嘴。

「皇都？」

「嗯！只有那裡才會有戰鬥技巧的學習，而且是最高級的。」

「其實不是啦……」我乾笑了幾聲，踏出結界，「那麼，我們先出去一趟了。」

「跟我來吧！那條河在離開結界不遠處的地方。」

「請小心慢行。」

我們跟著艾比，沿著小路往上走。

墓碑再過去一點，就是結界的盡頭，再往前去是一片稍微有點傾斜的斜坡，下去之後，地下突然變得很平坦，再走幾步，就可見一條河道分開了一片茂密的樹林，即使冰天雪地，河水仍然在流動著。

看來，應該是溫泉吧？

我拉起衣袖，嘗試把手伸進河裡……很冰！平時都幾乎不會飆髒話的我，立刻被冰得差點爆發出來。

我連忙把手縮回去，在衣袖上擦了擦。

「很奇怪吧？」艾比把水桶浸入河中，一邊笑著說：「明明源頭不是溫泉之類的地方，水卻沒有結冰。啊！對了——」

她用手捧起一點水湊到月兒面前，「這裡的水可以就這樣喝喔！很清甜的。」

月兒看了我一眼，在我的示意下小心翼翼地舔了一口，立刻睜大了眼睛，兔耳朵微微抖動了幾下，看起來十分的喜歡，心情十分愉快。

「呵。」我笑了笑，挽起袖子把另一個木桶浸到河裡。

「冬司少爺，請問你手臂上的是……」

「喔——這是符文。」

「啊……艾絲主人好像也有這個，但艾絲主人的是沒有任何顏色的。」艾比像是十分懷念般的湊近前，看著我手背上的符文，「我的符文跟冬司少爺的一樣，但只是經過那一星期，就變得很小……」

「咦？妳也跟我一樣？」我有些意外地反問。

我一直以為符文是所有魔法生物跟操同使共通，獨有的存在。

「因為我總是穿著長袖和長筒襪，所以你沒有察覺到吧？」

艾比有些感慨地嘆道：「那個星期，我是過得有點疲累，不過為了實現主人的願望也無所謂，可惜我現在卻『死了』，不能幫主人完成她的願望了。」

「或許，艾絲的願望早就實現了吧……」我輕輕說道：「只是她跟流馬一樣，都是後來才發現到的。」

「真的……嗎？」

「嗯！」我長吐了口氣，這段期間以來第一次感覺到心情這麼輕鬆，「雖然不知道有沒有更多的魔法生物，但不止是我，連流馬也只想要她們在身邊認同自己就很夠了。我想，其他操同使也是一樣的。」

「真的……嗎？」艾比又一次小心翼翼地反問，眼睛閃著晶亮的光芒。

「是的！」我點點頭，「為了她們，我和流馬現在唯一的願望，就是把夏洛克殺掉和制止這場遊戲。」

「但夏洛克……」眼神裡閃過一絲猶疑，艾比輕聲說道：「他不像你們說的是那麼過分的人啊？」

「也許在妳眼中是吧……」我不置可否地聳聳肩，一邊拍了拍身旁兔耳妹的臉頰，「月兒，別搶著拿木桶，很重的唷。」

「媽媽……」我笑了笑，接過她手中那個裝滿了水的木桶，還有艾比手上的那個。

我們沿著原路往回走。

我手上提著兩個滿水的木桶，不是很重，但卻也是不錯的鍛鍊。

「那個，冬司少爺……」

「怎麼了？」

我偏頭，望著走在身旁的黑色兔子。

「我真的……可以回去我們的世界跟主人重聚嗎？」她望向天空，小嘴裡呼出陣陣的白氣。

同樣的問題，她問了很多次，但就算我怎樣回答，我想她仍然是很迷惘吧……也對！就連我自己也感到非常的迷茫，該何時又怎麼回到自己的世界，對我而言也全是未知之數。

該怎麼回去？

回去的間，會是在殲滅了怨靈之後嗎？或是把夏洛克殺掉之後？還是，要達成其他條件才可以回到我的世界？

我的確想讓她們能夠得到平凡的生活。

可想來，維爾口中的「母親」會輕易地同意我們來到這個世界，一定有祂的原因。那個條件或者跟夏洛克有關，但知道自己的母親就在身邊，令我想要殺掉夏洛克的慾望滅卻了很多。

對當初的目標，我開始感到迷惘了。

順著艾比的視線，我也抬頭眺望著天空，「也許，可以吧……可能在怨靈全數消滅之後就會有方法，但不是現在。現在我們跟領路的卡娥絲失散了，我也不知道怎樣回去自己的世界，至於夏洛克，就算他懂我絕對不會去請求他的。」

「嗯。」

「月兒？」我停下腳步，喊道。

她正落在我們身後不遠處，抬頭專注地望著天空。

「月兒？」我再次喊她。

「媽媽……」她像回過神來，垂下頭走近我。

「會很掛念家嗎？」我抬手揉了揉她的耳朵。

她搖搖頭，「只要在媽媽身邊，哪裡都是家。」
呃……月兒到底是什麼時這麼會說話的？
我一個不經意、絆了一下腳，差點把手上兩個裝水的木桶都甩了。
月兒就伸手拿過其中一個木桶。
「嗚！」大概是很重的緣故，她拎了沒多久就要放了下來。
「還是讓我拿吧。」
月兒固執地推開了我的手。
「真的沒問題嗎？」我忍不住又問。
月兒用力搖頭，臉都變得通紅。
「為什麼要這麼勉強呢？」我無奈地搖搖頭，單手握著木桶另一邊的手把，至少分擔了些許重量。

沿著小路再回到小屋，我在坡道上，遠遠地看見小屋的門前停了輛馬車。
這種畫面真的超現實。
因為在我們的世界……應該說在這個時代裡已經很少看見這種存在了吧……尤其是穿著銀色盔甲的男人。

我正一臉興味地看著，這時，從那銀甲武士的身後轉出了一個人，卻是與我失散已久的流馬。

他大概是很焦躁吧……所以，一直在馬車旁邊繞來繞去。

「流馬！」我高聲喊著，舉起手揮了揮。

「冬司。」他也發現了我，立刻向我們跑過來，但卻一個不小心絆倒在雪地上。

我們趕緊走過來。

「痛！俺果然還是不習慣在雪地上奔跑呢！」

流馬爬起來，滿臉笑意地看著我，「俺果然沒有估計錯誤，你們果然在這裡啊。」

「咦？」我不解地望著他。

「卡娥絲找了你們很久也沒發現，直到里吉隊長跟俺說這裡被施放了結界。」流馬說著，開始敘述起自己這段時間的經歷。

經歷過那個傳送魔法陣時，他整個人也失去了意識，等重新回過神時，才發現自己居然坐在一張長椅上，再仔細一看，周圍都是西式的建築，就連地上的的磚塊也排列得很精緻。

而卡娥絲和利莉，正伏身各自昏睡在他膝上的一邊，而且是面向著他！

「就算不是人類，但也是兩個擁有人類外表的可愛女生，如果只有利莉的話，還沒什麼問題，但讓卡娥絲這樣子醒過來，以她的個性，俺肯定會發生連自己也想像不到的悽慘下場吧！」

流馬瞅了我似笑非笑的表情一眼，乾咳了幾聲兀自解釋，當時，他是很想馬上讓卡娥絲轉個身、挪一下位置的，可因為她身上還背著背包，所以，想轉身幾乎是不可能辦到的事。

千萬不要醒來！

流馬只能在心裡不斷重複祈禱著。

他倒並不是想乘人之危，只不過不希望在怨靈以外的事件中讓自己陷入危險罷了。只可惜天不從人願，下一刻，他就聽到了卡娥絲微微的呻吟聲。

……死定了！當時流馬只感到自己的心臟像停止了一樣。

「結束了嗎？」身體一陣輕微的顫動，卡娥絲隨即撐起了身子，抬頭往周圍望去。

「啊……早、早安。」流馬乾笑著打了招呼。金色的馬尾拍到他的臉上，讓他不禁想打個噴嚏。

「說什麼蠢話啦，維爾在哪裡？」

流馬這才想起自己剛剛居然忘記了這件事！

「早安！喵——」利莉跟著被卡娥絲的叫聲而吵醒，施施然地撐起身子，用手擦著眼睛。

「早安個頭啦！你們兩個！現在不是講這句話的時候吧！」

卡娥絲連番了幾個白眼。

確認了一下狀況，確定沒有發現維爾跟我的蹤跡之後，便打算照原先的計畫往約定的地點走。

「那裡本應是很美麗的市鎮，但是四處被破壞的建築和敗瓦帶著明顯的反差。」

流馬是這麼告訴我們的。

而這是他看到那市鎮後的第一印象。

不過，卡娥絲似乎對這個城鎮很熟悉。

流馬自然不會憋著不問了。

「這裡是歐尼斯特，維爾的故鄉。」卡娥絲帶著點懷舊的語氣告訴他

流馬這才恍然大悟。

對照以前在夢境中曾見過的城市投影，他曉得這城市就跟屬於它的名字一樣，如果不是被破壞的話，絕對是個很美麗的城鎮，可惜現在在帶點灰暗的天空襯托下，地上也遍佈著無人清理的積雪，這城鎮，就顯得更為悽涼了。

「只不過六年而已，就已經變成了這樣了嗎？那些怨靈！」卡娥絲握緊了拳頭。

「不如四處走走看有沒有別人的蹤影吧？順道也找冬司他們，喵。」

利莉向來是很懂得察言觀色，為了轉移卡娥絲的思緒就先開口這麼建議了。

「嗯。」卡娥絲率先往前走。

而流馬他們也只有默默地跟了上去。

「那城市的規劃，是以圓形為基準，穿過巷子後的景象卻出現成兩個世界。」

流馬的口才不錯，我們聽著他的敘述都很像親眼目睹了那城市街景。

我催他繼續往下說。

他告訴我們，他們三人走沒幾步，前面就看不見屋舍了，而是個極寬廣的空間，看起來似乎是廣場。

四面到處是中世紀風的西方建築，奇怪的是，只有其中一個方向的建築物損毀得極為嚴重。相較之下，其他地方的損傷看起來算是很輕微了。

而且因為建築物的層數並不高，那邊高得不可思議的樹林很容易就映入眼簾。

「卡娥絲。」

當下覺得有些奇怪，流馬喊住了走在前方的半龍少女：「俺從剛剛就很在意了，那片森林是？」

卡娥絲回頭望向他，「直到六年前那片森林還是未開發的。傳說，在幾百年前和十幾年前偶爾出現的一群怨靈破壞了這裡，而開始派人去調查……」

卡娥絲說到這裡突然就打住了，只告訴流馬這六年來，就沒有再留意那片森林的消息。

「你說，冬司他們有沒有可能就在那片森林裡喵？」利莉突如其來地說道。

「這話當時聽起來簡直是晴天霹靂耶，同學。」

流馬勾著我的肩膀，誇張地搖頭嘆氣：「不過，卡娥絲沒有否認也有那種的可能性吧，說真的，我可真不希望你們會在那裡發出訊號。」

流馬嘿笑了幾聲，轉頭指指那片森林，「剛來的時候，我們也沒少了迷路的經驗。」

我隨口扯了幾句莫非定律，只是有些奇怪他們既然注意到了森林，怎麼沒馬上往這個方向找來？

不過流馬沒主動提，我也不急著問。

只聽他又繼續描述。

考慮到我們可能在樹林裡的可能性，流馬一下子就急了，而卡娥絲則是一直有些心不在焉的樣子。

這時，利莉好像留意到什麼似地，自顧自就往前方的廣場走去。

「流馬快看，喵。」

廣場的中央佇立了一座石像。

利莉繞著石像，興奮地蹦跳著。

「這是？」趕上來的流馬看到石像之後，不禁驚訝地瞪大了眼睛。

卡娥絲也來到了他們的身邊。

「喵——總覺得石像中的女生很像卡娥絲，喵。」利莉的視線，反覆在剛來到的卡娥絲和石像間來回著。

而卡娥絲只靜靜凝望著石像。

「俺還以為她會吐槽一句『像我？怎麼可能！』，她平常就應該是那樣子。說真的，那少女的石像……」

流馬看了我一眼，有些欲蓋彌彰地撓了撓鼻子，接著才又開始描述，那少女石像，被雕刻成用雙手撫摸著龍的臉頰的姿勢。

不過與其說那是龍，不如說像是隻巨大蜥蜴，只不過擁有像卡娥絲那種惡魔般的翅膀罷了。

而且，雖然擁有像兇惡的外表，但那條龍表現出極順從少女的姿態，把頭靠到少女的旁邊。

那畫面，好比一幅藝術畫。

而且，那石像製作精緻得根本不像是用人手打造出來的。當時，流馬和利莉都忍不住看得入迷了。

而更令人料想不到的是——

「……藍色的鱗片！」卡娥絲慘叫了聲，用力地抱緊了頭。

「卡娥絲？」流馬連忙扶著她，「怎麼了？沒事吧？」

「鳥爪般的雙手……」卡娥絲如此虛弱地說著。

流馬大感不妙。

而這時，利莉突然指著天空大叫：「流……流馬！天、天空喵！」

流馬抬頭一看，只見天空中兩個小點正逐漸變大，輪廓越來越清楚，緊接著不過片刻，那物體從天空高速了墜落下來，震得大地一陣搖晃，雪和塵埃被彈得到處都是。

「怨靈！」卡娥絲放開抱著自己的頭的雙手說道。

塵埃散去，灰銀色身軀，擁有著四隻粗壯手臂的巨人嘶吼咆嘯著。

「怨、怨怨怨——怨靈？喵！」利莉一下子變得驚慌起來。

「而且是兩個！」

兩隻怨靈的吼叫聲同時撼動了空氣。

流馬忍不住倒抽了口涼氣。

「現在沒有時間害怕了，上吧！」卡娥絲卸下背包，展開了背後的巨大翅膀飛上了半空，雙手凝聚出無數個火球。

「但是俺們沒有實戰……」流馬猛回過神來，才知道自己的身體抖得有多誇張。

「每個人都會有第一次！」卡娥絲朝兩人笑了笑，翻手向下一揮，「你們可不要變成最後一戰喔！」

火球同時擊向怨靈。

怨靈發出淒厲而憤怒的咆嘯，巨鍾立即從灰塵中高速飛砍而出！

「利莉，加速！」

「喵！」

得到加速魔法的流馬和利莉立刻避開了巨槌。

同時在兩人退開的瞬間，巨型黑色冰稜倒插落地，以冰粒的形式密集地射向其中一隻怨靈。

而就在這時，另一隻怨靈卻往石像的方向跑去。

「嘖！」

卡娥絲降落到怨靈面前，雙手手背上形成一個結構複雜的紅色魔法陣。

那隻怨靈顯然沒把擋在面前的卡娥絲放在眼裡，手中的巨槌橫砸過去！

卡娥絲猛一個急停，身子向後一彎，以平穩的姿態低飛在怨靈面前。

怨靈手上的巨槌也揮了個空，揮舞著四隻巨手又是一連串橫劈猛砸，步伐依然筆直地朝她身後的石像邁進。

「所以說身形龐大的敵人，很好對付！」卡娥絲穿梭在槌擊之間，輕輕一笑，冷不防向怨靈的臉上揮出了一個右勾拳。

霎時，怨靈那張灰銀色臉龐浮現出一個跟她手背上一樣的紅色魔法陣，接著是怨靈的左臉、下巴、額頭先後被卡娥絲打到，紅色魔法陣也跟著形成，但就在一個猝不及防，其中一隻巨手甩中了卡娥絲的身軀！

被打中的卡娥絲猛地從空中墜落，在雪地上翻滾著。

「卡娥絲！喵！」利莉高速繞到怨靈的面前，向怨靈的胸膛一抓。

怨靈灰銀色的雙手用力向利莉一拍！

高速狀態的利莉踩了怨靈的胸膛，整個身子向了後飛，在卡娥絲的身邊著地，扶起了她。

「沒事吧喵？」

「沒事。」卡娥絲借力爬了起來。

怨靈打開了自己的雙手，掌心中不像它的預期有具被打扁成肉醬的屍體，像是驚愕地般身子一震，發出極度焦躁憤怒的嘶吼。

「流星炎語！」

卡娥絲向向它伸出手，那四個仍然在怨靈的臉頰上的紅色魔法陣，瞬間形成了一個火球。

怨靈見狀直覺想要把火球弄走，但四個火球卻穿過了它的手，迎面撞向它的臉。

卡娥絲緊握了雙手，四重的爆炸聲頓時響起來！

煙硝中，怨靈發出一聲淒厲的哀號，巨大的身軀被煙塵包裹著軟倒在雪地上。

「嗚——」仍然被「冰之幕」牽引著的另一隻怨靈掙脫束縛，不顧「冰之幕」往流馬硬衝了過去。

流馬見狀，立即在右手上形成了一把黑色的刀刃，然後向前一刺！黑色的刀刃長距離伸延，瞬間插入了怨靈的眉心，黑色的液體霎時源源噴湧而出！

然而，原來以為將會失去知覺的怨靈卻一把握著黑色的刀刃。

「這個怪物！」感受從刀刃而來的顫抖和力度，流馬低咒了聲，另一隻手快速凝成黑色的刀刃，也跟著刺了出去，刺穿了怨靈的胸口！

怨靈大聲慘叫著，潰散的黑色薄霧開始包圍著它。

怨靈受了重創，反襲得更為激烈。

流馬不斷提升魔力，配合著利莉的加速技能硬抗，卻漸漸有些招架不住了！

「卡娥絲！快來幫個忙！」他邊戰邊喊道。

「嗯！」

卡娥絲振翼而起，金色雷球重新在兩掌之間形成，正欲擊向與流馬纏戰的怨靈，卻不料，原本躺在地上的那隻怨靈突然又重新活動起來！

它掙扎著爬起身，無視了卡娥絲和利莉伸手向石像跑過去。

「怎、怎麼會呢？」卡娥絲愕然瞪著的怨靈。

「到底那個石像對它有著什麼魔力啊喵？」

利莉說著，正想奔向那那重新站了起來怨靈，冷不防，突然一支箭筆直地穿過石像的空隙，插入了怨靈其中一顆眼睛。

然後，只見更多的箭矢從各個角度向怨靈的身軀射去。

但那怨靈卻毫不退縮地繼續往那座石像爬過去。

「這次，該算是俺們第一次跟怨靈交手，若不是那突然來的那支箭，我們三個很難有機會全身而退。」

流馬長喘了幾口氣，表情似乎還是心有餘悸。

我自己也與怨靈交過手，最好奇的還是那石像隱藏著什麼祕密？為什麼會吸引那怨靈前仆後繼？還有，就是天外飛來的那支箭——

流馬在我殷切的催促下，接著又往下敘述。

利莉當場被那一箭攔住了去勢，而就在這時，石像後突然竄出一個穿著銀色盔甲的金髮男人，手握著長槍跳到怨靈腳下，一槍貫穿了怨靈的身體！

怨靈大聲慘叫了一聲，旋即化成黑霧消失在天空。

同時男人再重新架好了架勢，突進到被流馬的黑色刀刃刺著的怨靈，朝腹部一刺！大量的黑色液體噴濺而出弄污了銀色的盔甲。

「射擊！」男人拔出長槍後，往後一跳。

隨即只見無數的箭矢飛射向怨靈的各個部位。還沒來得及慘叫的怨靈無力地癱在地上，隨即跟著由身體散發出來的黑色煙霧消無蹤。

「抱歉，我們來遲了，您沒事吧？」男人把長槍收掛在背後，走向流馬，「看您這一身裝束，是從遠方來的旅客吧？您的實力很強呢！」

流馬打量著對方，還再想著該怎做什麼回應，卡娥絲收攏雙翼，從天空落了下來。

「啊！您就是、您就是跟在維爾身邊的半龍少女？那就是說他回來了嗎？」那騎士不但一眼就認出卡娥絲，而且興奮之情溢於言表。

「里吉隊長，好久不見了。」卡娥絲垂下眼，淡淡和眼前的騎士打了一個招呼。

「再見到您真是太好了！」騎士說著，目光掃過流馬和利莉，「卡娥絲小姐，我們先回到據點再說吧！這幾位都是卡娥絲小姐的朋友吧？讓我為你們帶路。」

「麻煩你了，但，請你先把他們兩個帶到據點吧。」卡娥絲出人意表地說道。

「咦？那麼您呢？」

「卡娥絲？妳要去那？」

「我要去找另一班失蹤了的朋友。」卡娥絲看了流馬一眼後指向樹林，跟著又囑咐那名騎士，「里吉隊長，你就先把他們帶到據點吧。」

「那好吧。」里吉點點頭，主動報上了去處，「我們的據點就在歐尼斯特北區。」

「我明白了。」

「但是，卡娥絲剛剛被怨靈狠狠打中喵——」利莉不安地說道。

「那種小傷沒事的啦。」卡娥絲說完，拍動著翅膀飛了上天空。

「原來這就是半龍少女的真正姿態啊！」由衷讚嘆了片刻，那名叫里吉的騎士的目光，重新放到流馬和利莉身上，「剛剛的戰鬥辛苦你們了，現在，請你們就跟我過來吧。」

作出善意的微笑了一下，他發下號令：「那麼各位，收隊！」
之後，他逕自轉身向廣場的北面走了。
「流、流馬喵？」利莉不安地拉了拉流馬的手。
「應該沒問題，我們也跟上去吧。」流馬悄聲說道，回頭拿起因戰鬥而丟在一旁的行李後，走到那個名叫里吉的騎士的身邊。
「啊！」里吉突然無預警地驚叫了一聲。
「出了什麼事嗎？」流馬和利莉也被他嚇到。
「沒什麼……」望著天空中漸遠的卡娥絲身影，里吉似是頗無奈地嘆了口氣，說：「我只是忘了提醒那個樹林裡，夏洛克建設了一個前線基地罷了。」
「不過多虧了里吉先生提到了夏洛克，我忍不住想來這裡探探情況，就央了里吉先生帶我來，沒想到卻先一步找到你了。」
流馬長吁了口氣，這一天一夜的經歷總算是交代完畢了。
「這小屋四周下了結界，你們是怎麼找到這裡來的？」
若不是意外碰到艾比，我想，我們也不可能通過夏洛克設的結界，來到這個地方暫棲，先一步來找我們的卡娥絲都不見蹤影，流馬跟這個銀甲騎士是怎麼找上來的？

「這說起來還真是有點巧，原本俺們也是在樹林裡瞎轉悠，沒想到居然碰到這輛裝了滿滿補給物資的馬車，就跟著來了。」

流馬略遲疑了下，問道：「冬司，你們又是怎麼跑到這裡來了？失散了，怎麼不依照原先約定的放信號聯絡？」

「我們在樹林裡也遭到了怨靈攻擊，多虧了艾比。」我指了指身旁的黑髮、黑眼的兔耳妹。

「咦？艾比？」流馬的表情突然變得呆滯，一直望著艾比，良久，搖了搖頭，「是俺認錯人了吧……她不可能是長髮的和兔耳的。」

「流馬同學，我的確是艾比。」艾比有些赧然地望著流馬，「之前的事，我感到抱歉……」

「妳真的是艾比嗎？」流馬滿臉驚訝地低呼：「妳不是死了……嗎？妳的雙耳……為什麼會變成兔子耳朵？」

艾比迴避了流馬的視線，態度變得支吾以對。

「她的確死了。」我說：「但是因為夏洛克的緣故而復活過來。」

流馬倒抽了一口冷氣，神情說不出的複雜，「即使死了也不放過，遊戲仍然要繼續嗎？」

「她並不是為了遊戲而復活過來的……」略一遲疑，我還是如實吐露：「而是為了保護我的媽媽。」

「咦？」流馬又是一陣錯愕，「但你媽媽不是失蹤很久了嗎？」

「和那個穿盔甲的人交談的，就是我的媽媽。」我望著不遠處，正與銀甲騎士談笑的人，苦笑，「但是媽媽卻被夏洛克操縱著了。」

「這麼說來，俺的確也聽說了夏洛克在這裡耶！」流馬略一沉吟，若有所思地打量著我，「怎麼？你還沒對他下手了嗎？」

我愣了愣，搖搖頭，「現在的我，殺不了他。」

「那麼，他還有向你提及過遊戲的事嗎？」流馬不置可否地追問。

「只說了艾比的存在，不關遊戲的任何事。」

「遊戲因我而起」這句話，我實在說不出口，只能這樣向流馬解釋。

流馬的雙手緊握微微顫抖，望著地上思考了片刻後，再抬頭卻跟我說：「既然殺不了他，那就算了，不過冬司，你現在打算怎麼做？照他的規則，繼續這場遊戲？」

我一愣，倒抽了一口涼氣，流馬是要我說我們之間要開戰嗎？

不要！絕對不要！

「不知道，但是他說將來我絕對有機會殺他。」漠視內心不斷掙扎的聲音，我像是承諾般地告訴他，略想了想，又解釋：「暫時我殺不了他，他邀請我和世音加入討伐怨靈，而且……」

「那麼，俺們不如一起回去歐尼斯特吧！」流馬不等我說完，便脫口說道：「然後，等維爾回來再決定好嗎？」

我愣了愣，遲疑地搖搖頭，「不，我要待在這裡。」

「……」流馬一言不發地望著我。

我避開他的視線，解釋：「只要我一直待在這裡，夏洛克口中所說的機會絕對會來。」

「但，你會有永遠留在這個世界的覺悟嗎？」流馬突然脫口而出，這麼問我。

「咦？」

「俺開玩笑的。」流馬擺擺手，若無其事地笑了笑，「假如來到這個世界，就等同於沒有了遊戲的進行的話，那俺當然樂意待在這裡，和利莉私奔，也許還不錯。那麼，你呢？」

「我會制止遊戲，就算用一生的時間也好；就算直到我們的世界，真的只剩下一個我們以外的魔法生物也好。」

月兒握著我的手，我的掌心傳來她溫暖的溫度。

我揉了揉她的髮絲，眼神落在一旁的艾比臉上，「然後，我想帶艾比回到原來的世界，讓她跟艾絲重聚。」

「原來由那時開始，你已經開始為蛋白和世音以外的人著想了嗎？」流馬沉默了一瞬，輕笑著搖搖頭，「搞得俺好像只會逃避現實似的。」

「這只是我的願望而已。」

我不打算多作解釋，可我希望至少能把我的想法傳達給流馬，「制止遊戲，然後，讓她們平凡地待在自己主人的身邊。就算我有屬於自己的願望，我真的不想用她們的死來換取。」

「哈——」流馬轉過身，往馬車的方向走去。

才走了幾步，他好像想起了什麼似地轉過頭，望著我，「如果你要待在這裡，夏洛克和遊戲……你要怎麼去制止啊？」

我一愣，一時啞口。

「俺的願望，在你眼中可能已經算是實現了，但俺仍然很害怕那一日……和利莉再次分開的那一日，真的會降臨。」

流馬走向那名銀甲騎士，兩人低聲說了幾句，朝我母親點點頭便跳上了馬車。

「那麼，你打算怎麼做？」

「俺會回到歐尼斯特，在維爾來之前也會和大家一起保護好那裡。」流馬朝我笑了笑，「因為啊，那裡真的是個好地方呢。」

「卡娥絲和利莉也在那裡嗎？」我問。

「嗯！回去之後俺會代你跟他們報平安的。」流馬說著，指著月兒跟艾比，「連同艾比、蛋白和世音的份一起。」

「流馬同學……」

流馬打斷了她，逕自說道：「以前的事，其實艾比妳也不想那麼做對吧？」

「嗯！」

「那麼，就讓它過去吧。」流馬咧嘴一笑，偏頭又看了看我，「接下來，俺們也不知道多久才會再見啊！要活著啊，你們。」

「你們也要活著啊。」我由衷說道。

銀甲騎士揮動韁繩，馬車急奔而去。

我目送著流馬離開。

我想，我並未放棄自己的初衷。

唯獨只是從那時開始我已經不想殺掉夏洛克的事，我並沒有說出來。

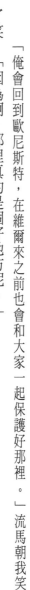

因為新的物資來了，和我們露營用的自攜食品一起拿來製作食物，晚餐其實頗為豐富的。

但，我始終有些心不在焉的。

自從聽流馬描述了他們與怨靈的對戰過程後，我的腦海中，就不斷反覆模擬相同的戰況。

理論上，流馬是比我強，甚至可以說是超越了艾絲。

他最擅長的是這個世界之中最被壓抑的「模仿魔法」，甚至到只需要看過一眼，任何魔法技能都可以全部複製的地步。

不過，也並不是完全沒有限制的。

譬如，如果艾絲在流馬面前使用像上次那樣達到某種長度的「風之刃」，流馬也可以把黑色的「風之刃」伸到那一種長度。

但艾絲以魔法召喚出颱風，流馬是使用不的。

換言之，屬性之類的魔法技能是無法被「模仿」的，說得更簡單一點，流馬不能複製的魔法，就是超越了利莉所承受的魔力的魔法。

而我和已經落敗的艾絲所擁有的優勝之處，就是在我體內自發性的「無限魔力」。原本屬於夏洛克的魔力在無止境地成長著，即使我使用那些魔力，也不會對月兒造成什麼樣的傷害。

而另一個「無限魔力」的擁有人，是之前的艾比。

所以如果我要變強，就要長時間限制或是禁止自己使用魔力，這也就是維爾經常制止我使用魔力的原故。

這些，都是夏洛克在教導世音使用弩箭之後告訴我的。

但單單指是靠著體內自發性魔法的優勢，我不但解決不了怨靈，更別說要勝過流馬。

我想要變得更強。

只有變得更強，才能保護得了我想保護的每個人。

然而，我只是個「操同使」，並不是魔法師。

如果是魔法師的話，我還可以多背幾個咒文或利用天生的魔力去進行修練。但我不是魔法師，也看不懂這個世界的文字，所以，就不用說透過任何幾會去學習魔力和魔法的使用方法。

而「操同使」，天生就只會一種的魔法技能。

就以流馬為例，他繁複的攻擊方式，不過是源於「模仿魔法」這樣基礎技能的演化延伸罷了。

到底要用什麼方式，才能夠讓我學到更多、更強大的魔法技能呢？「如果你想修練，不如試著用魔力把冷水給極速燒熱吧。」

我一個人在不大的小屋空間裡晃盪，腦袋就是靜不下來。

而夏洛克不知何時，又悄無聲息地出現在我身旁。

似乎每次總是這樣，我越想修練越想使用魔力的時候，夏洛克總會剛好出現在我的旁邊。

這麼看來，卡娥絲所說的那句「你的魔法承襲自夏洛克」，或許不完全是沒有道理。事實上，他的魔力早就埋藏在我體內，只不過直到月兒的出現才得以運轉。

「怎樣？要試試看嗎？」夏洛克似笑非笑地看著我。

我聳聳肩，跟著他進到小屋裡一個很空的房間。

現在已經入夜了，也是過了晚飯的時間。

我站到已經注滿了冷水的大木桶前，在底下堆疊起大量的柴薪，問我來幹什麼的話，簡單來說，就是以修練為由，其實利用我的驅火能力去做雜事——燒熱洗澡水！

用結界維持的魔法空間，生活機能畢竟是相當克難，這對夏洛克三人來說，是一星期只有一次的待遇，而且，就剛好我們是來到的一次。

那老頭子丟給我一個能把水快速加熱的魔法技巧後，就帶著有些得意洋洋、有些頑皮的表情揚長而去了。

而剛剛我媽叫我們去打回來的水，沒想到就這樣用在這些地方，老實說太過浪費了，就算以「你可以第一個洗澡喔」這個「報酬」來看，還是讓我不相當不以為然。

根據夏洛克的指導，我首先要做的當然是起火，然後立即使用魔法把水立即弄熱，做到之後，接下來就要在大桶裡冥想，利用固定的魔力保持水溫，直到下一個使用的人催促為止。

起火的確難不到我，但要怎樣才能把水即時弄熱？

我望著裝滿水的大桶，回想了下夏洛克說過的話：「把手放在水面上，用魔力令水……在你們的世界裡叫『粒子』吧？總之令水的粒子結構振動，原理差不多就是這樣。」

「什麼粒子結構震動？」是類似微波爐那樣用某方法令粒子振動嗎？

就算我聽進去也完全搞不懂啊……我無奈地翻了個白眼，總之，就是把手放在水面上對吧？

我想也不想直接就把手掌給浸了進去，才動念要把水給變熱，沒想到水面立刻就冒起水泡，起初水還是很冰，不到一秒居然就滾燙得讓立即把手伸出來了，而且只在我的手掌範圍，一抽離開，水就立刻恢復回冰冷的狀態。

就這樣下去，搞不好我整隻手可能會報廢，我只好乖乖地把雙手手掌放在水面上，慢慢地配合底下的火把水燒熱，讓水由原本的感到的冰冷感覺漸漸變成溫暖。

就這樣過了一陣子之後，我就試著把另一隻手也浸進去一陣子試試看，水的確變了溫暖不少，眼看已經緩緩冒出蒸氣，我就脫光了自己的衣服，利用旁邊的木桶盛起桶內的水，稍微清潔了一下後就跳了進去。

「水溫剛剛好耶……」我忍不住輕吁了口氣，就某程度來說，這應該算是成功了吧……接下來，所謂的冥想就是令自己體內的魔力保持活動。

我閉上眼睛，緩緩調動魔力，感覺身體內的確有一股力量，流經我的身體每一個角落時，隱約卻聽到一陣開門的聲音。

「咦？開門的聲音？」我稍微睜開眼皮，赫然發現月兒就站我眼前。

「妳、妳進來幹嘛！快出去！」我嚇得整個人浸到水裡。

「不要！」

「別鬧了！」眼看她整個人更靠了過來，我手忙腳亂地揮著手，「月漓不是在小廳裡嗎？妳就去陪陪她啊！」

「那是艾比，不要。」

「別！世音沒看到妳進來嗎？」一想到接下來的後果，什麼冥想、什麼修練都被我拋到天邊海角去了。

怨靈、夏洛克什麼的……都是小 case，這丫頭對我來說才是最大的魔星。殺傷力是百分之百的。

「我偷偷……世音……後院練習。」兔耳妹無辜地眨著眼，固執地看著我，「冬司，一起洗。」

「不要！」

月兒完全不沒有理會我的抗拒，脫掉衣服就跟著泡了進來。

一下子，原本已經接近八分滿的水都溢了出來。

我立即轉過身，催促著自己快回去冥想。

但是天性驅使我真的很想望她一眼……不可以！快點冥想吧！這是個好機會，如果能夠在這種情況之下繼續冥想修練，我想，效益絕對會更大！

「冬司總是對艾比很好……」

「因為，我和她是朋友嘛。」背卻感覺到肌膚接觸的觸感，思緒及各式各樣的幻想開始湧進腦海之中。

「但冬司之前好像很低落……為艾比嗎？」

同樣的問題又再向我詢問。

這下子，令我的頭腦清醒了不少，混亂的心跳也逐漸平復了下來。

「月兒。」縱使看不到，我仍然觸摸得到她的手。「我不是說了嗎？我是怕妳也會離開我，所以心情才會一直低落，不過這種沒意義的低落，在我看到夏洛克時就已經沒有了啊。」

我緊緊地牽著她的手，縱使看不到她的表情也可以猜得到她的心，同樣的問題再次重複，就證明她跟艾比一樣在渴求著一個答案，但卻得不到真正的解答。

「不是的。」我再次這樣回答月兒：「我要殺死夏洛克，除了是想朋友和家人復仇之外，我還想妳們能夠平凡地待在我們的身邊啊。」

「嗯。」她輕輕地反握了我的手。

「但最近我心裡卻多了一個想法。」輕吁了口氣，我緩緩說道：「我沒有告訴流馬，也沒有跟世音和艾比說……妳會想聽嗎？」

「嗯。」

「當我知道艾比復活過來而且世音也記起她，和……和我媽媽被夏洛克一直保護的事，我開始變得很猶豫，我應該要殺死他嗎？但如果不殺了他，這遊戲可能會永遠繼續下去，妳們也得不到真的平靜……」

咬了咬牙，我向身後視如的親人存在，傾吐著內心最大的恐懼，「我真的不想再有任何人離開了，我已經不想再失去什麼，每次看到艾絲徹底地忘記艾比的樣子，我就很害怕！

我不想忘記月兒妳啊，也不想流馬和利莉步入艾絲和艾比的後塵，我們已經走到這一步，一切都回不了頭了啊！我……」

「我也不想冬司忘記我，也不想流馬忘記利莉。」

儘管只是重複著我說的話，我已經按捺不住轉身抱著她，「就是不想忘記也不想失去，才會煩惱、痛苦。妳明白嗎？」

我用力地抱著她。

「第一次看到冬司，第一次跳上冬司的膝上，也是……這種感覺。」

「明天以後的日子，可能會很辛苦。」

「嗯。」

「但是，要活著回去啊。」

「嗯。」

「如果回到自己的世界，平凡的日子可能就會來到。」

「嗯。」

「到時候我們就去玩吧……盡情享受平凡的生活吧！」那時應該不用再為遺忘、

死亡、戰爭的事惡懼了。

「回去。我跟冬司、流馬、利莉、世音姊姊，和大家一起去打工。」

「好啊。」

「約好了喔。」

「總之，我們要活著回去。」

我輕輕吻了吻她的臉頰，再次緊緊地抱住她。

我要活著，絕對要活著……讓所有人都活著回去。

為免惹人誤會，我把月兒留著繼續洗浴就先走了出去。

外頭空無一人。

我想艾比（或是月漓）都被叫去做點差事了吧，總之，見沒人在我真的鬆了一口氣，可沒想到下一秒，世音就從夏洛克的房間走了出來，手上還抱著弩箭。

我不禁屏住了呼吸，她應該不知道月兒在裡面，還跟我一起洗澡這件事吧？

世音橫了我一眼，「沒事拄在這邊是想ＣＯＳ牆壁還是柱子啊？」

「練習到剛剛嗎？」我乾笑了幾聲。

「是啊，一整個很累。」世音一屁股坐在爐灶旁，把弩放到旁邊，伸展了下手腳，

「還真想坐在沙發上啊……對了，蛋白在那裡？」

「剛剛去洗澡了。」

「那麼月漓……艾比呢？」

「應該是被我媽叫去幫忙了吧……」我也坐到爐灶旁，「剛剛，不是有些新的物資進來嗎？」

「也對。」世音漫應了聲，呆望著爐火若有所思。

我也望著爐火，很溫暖……沒想到，我們居然會被傳送到這麼安全的地方，但，也很可笑，這麼安全的地方，卻恰恰是夏洛克所「創造」出來的。

我們就暫住在他所創造出來的安全空間裡。

「發生了很多事了吶。」世音突然說道。

「嗯。」

「那個女人，真的是冬司的媽媽嗎？」

「是。」

「那她為什麼沒有跟你相認呢？」

「她被夏洛克操縱了記憶。」

「虧你還能講得平淡啊！」世音偏頭看著我。

我挪開視線，專注地看著爐火。

我不置可否地沉默著，就算激動有什麼用，我媽還是不會恢復正常，因為主導權一直都在夏洛克身上，說什麼也沒用的吧……

「對了，冬司。」

「嗯？」

「合宿時，卡娥絲曾經跟我說『這不是接近不接近的問題，而是我本身已經很接近你們』，我總算有些明白這句話了。」

她喃喃唸著這句話，又重複了兩次，接著又說：「不是操同使就會失去記憶，但看到她的本身，失去的記憶就會回來，這種事真的很不可思議。」

「確實……」我深吸了口氣，笑了笑。

「想到這點，我就很惱你一件事……」世音湊了過來，用力地搓了搓我的肩膀。

「就算我以前怎樣向妳解釋，妳也不會懂吧！」我撓了撓鼻心，以為她是為了我隱瞞她關於操同使身分的這件事。

可她卻輕嘖了聲，搖了搖手指，「我不是指這個，而是我對你居然會為了艾比低落了足足半個月以上，感到很不可思議！我一直都以為你是為了蛋白而煩惱啊。」

「我就是為了月兒煩惱啊。」我連忙澄清。

「真的嗎？」

「是真的。」略想了下，我解釋道：「如果不是因為艾比的死，我就不會感受到她們和死亡的距離，是如此接近。」

「就只是這樣？」世音狐疑地看著我。

「嗯。」

我正打算再說些什麼，冷不防卻聽到一陣腳步聲，我反射性地把目光從爐火轉到身後，但身後並沒有人影。

我回過頭時，心想大概是世音轉換姿勢，把腳縮到沙發上的聲響所造成的錯覺吧。

「對了，冬司。」

「怎麼了？」

「我……」世音張了張嘴，良久卻只吐出這個字。

我等了一陣子，向她投去一個詢問的眼神，

「沒什麼了……」她囁嚅了一聲，把臉整個埋進手臂裡去了。

就這樣直到月兒從浴室裡走出來之前，我們兩人誰也沒有再開口說過話，在這段沉靜的時光裡，我一直想著世音到底想說些什麼……

我沒有答案。

而今晚，將會是一整晚的夢境訓練，屬於實戰難度的訓練。

然後在後天，我們將正式前往夏洛克要去的地方。

ch5 龍與少女像

翌日。

簡單地吃過早餐、填飽肚子之後，我們就啟程了。

至於那些到昨夜為止還覺得很掙扎、很詭異、很不能接受的感覺，現在都已經全部消失了，不管怎麼說，如果不是夏洛克，我們現在還要承載著那些令人感到不便的重量，隨時面對一場危險到極點的戰鬥。

就這點來說，我是該心存感激的。

現在，那些沉重的包袱都被放在那間小屋裡。

因為是當日來回，我們都沒有帶更多的行李。

夏洛克給了我們幾個可以揹的小袋子，裝著一些可即食用的乾糧和戰爭用的魔法藥，只要把藥淋在傷口上或是把藥喝下，就可以立即讓傷勢復原。

參與的小隊成員中有我、夏洛克、世音和月兒。

月漓則繼續待在結界中的小屋裡，保護毫無戰鬥力的秋……也就是我的媽媽。

「夏洛克，你不是魔法師嗎？」

「是啊。」

「為什麼還要用弓？」看著明明身為魔法師的夏洛克拿著弓和箭袋，我充滿了疑惑。

「我的魔力早就不如以前了。」夏洛克輕描淡寫地表示：「因為你和那個狗女的關係。」

「我和艾比？」

「你體內的無限魔力，你應該是知道它是怎麼來的吧？」

「魔法師製造了一個魔力環給虛弱的病人，讓那個魔力環在病人的身體內自發性成長。」目光微沉，我深深地看著眼前淡漠到極點的老人，「是你救了我對吧？」

「對啊，除了你之外我也救了那個狗女。魔力環是需要消耗大量魔力的，所以現在我的魔力，的確大不如前。」他輕描淡寫地說道，說完後，也不打算繼續做任何解釋。

我知道，就算我怎麼問他救人的理由，他也只會像昨日所說的那樣為救而救，而不肯對我說出像樣的解釋，所以，我也不打算再浪費唇舌。

我想，遲早我可以用我自己的方式找出答案。

此時，我們已走到先前那個的戰鬥現場。

戰鬥的痕跡仍然殘留在那裡。

由此地繼續往前走不久，路開始變得很崎嶇起來，看來已經進入了森林的最深處，沿著濕滑的坡道一直往下走，樹木開始變得稀疏起來，甚至能夠清楚地看到前方的景物，出現在我們眼前的是三座石像，石像的最外圍被一層樹木給包圍住，就像天然的屏障一樣。

「繼續剛剛的話題吧。」

「你剛剛還有想說什麼嗎？」我直覺反問。

夏洛克笑而不答，腳步一晃躲入附近的樹後，將揹在背後的弓拿到自己的面前。我們三個也跟著躲在他的身邊。

前方用肉眼都可以目測到沒有什麼異物，就除了石像之外。

「我的魔力的確大不如前了，所以才需要物理性的補足。」夏洛克突如其來地開口。

「那又怎樣？」我反問。

「只是想說說而已。」夏洛克淡淡一笑，話鋒一轉：「對了，這裡應該看到前面的景象吧？」

「看得很清楚。」世音說。

「說說你們看到什麼？」

「不就有三個石像嗎？」我微皺起眉，石像……流馬之前也提到過類似的石像，莫非，「那個雕刻在石像旁邊的生物，很像是龍……」

「冬司，你的眼力不錯啊！」夏洛克饒富興味地看著我，「不過……為什麼你會知道那是龍？」

「因為我們的世界也有對這種生物的幻想，而那個幻想的形態幾乎跟那條龍一樣。」

「原來，母親曾經也在你們的世界出現過嗎？」夏洛克似乎覺得有點意外。

「咦？」

「不，我沒有說什麼。」夏洛克轉開視線。

我知道他又開始避重就輕、顧左右而言他，接下來，只要是他不想透露給我的訊息，我別想從他口中聽到半個字。

「吶——冬司，你再看看石像。」世音忽然叫著我。

我再次向石像看去。

只見那三座石像的設計都一模一樣，石像中的少女像，正抱著把頭探到她身邊的巨龍的頭，但那少女石像的樣子，我能夠很清晰地看到……

「卡娥絲！」

「嗯！連你也覺得很像卡娥絲吧？」世音用驚訝的神色凝望著石像。

而我則因為事先聽了流馬的敘述，沖淡了一些驚訝的感覺，卻更加好奇。

「龍與少女像——就是這石像的名字。」夏洛克看著我，似笑非笑地說道：「製作者、製作年份和製作原因都不明，但有段的典故，有興趣聽嗎？」

我望著夏洛克點頭點。

他的目光轉向那三座石像，「幾百年前，一條龍戀上了人類，但是那段愛情並未得到母親的允許，所以把龍和少女以結界分開了，當他們最後一次相見，就是少女的壽命走到盡頭的時候。」

夏洛克說到這裡，又就此停住了。

「完了嗎？」我問。

他也點點頭說：「一般來說，神話或是傳說都是內容綺麗美好，又或者總有個好結局交代男、女主角的去向，但沒想到那個傳說的版本是如此簡單，市面上也有一些書或是童話，都會改寫和延伸這個結局的發展，全部都離不開原來版本的絕望結局。

我還以為是作者為了記念這段幻想出來的戀愛，而製造了石像，直到我遇到卡娥絲之前，都是這樣想。」

「卡娥絲？為什麼？」世音問道。

「我查證過，這個石像在卡娥絲以人類的形態出生前就已經就已經存在了，而且，當時就只有歐尼斯特擁有一尊，不知為何這裡會出現三尊？而且，卡娥絲是以半龍出生，令我感到相當懷疑。」

「到底石像與卡娥絲有過什麼關係？」我不由追問。

「至少，我發現過幾件事全部都是從幾百年前開始。」夏洛克豎起手指說道。

「幾百年？」

「對，是幾百年前。」

夏洛克娓娓說道：「這三座石像，原來分別在王都和其他兩座大城鎮的市中心佇立過，但最後在史記寫著被某種怪物奪去而消失了。而明明這件應該要讓普通人都知道的事，我是指這些石像曾經存在過什麼地方的這件事，我卻只有在機密文件和高官要員調查，才能夠知道石像的曾經存在位置。

我到那些城鎮，隨便抽了幾個人用轉彎抹角的方式探問，確信他們都不知道曾出過這件事。」

「你的意思是，那兩座城包括王都裡的人都沒有石像存在過的記憶？」想到這個可能性，我不禁倒抽了口氣。

「六年前，我偶然來到這個地方看到這三座石像，第一次目擊到怨靈在這三座石像前誕生。我開始追蹤它們，最後，它們到的地方居然是歐尼斯特的石像廣場。」

歐尼斯特的廣場……流馬他們，也是在那個地方碰到怨靈的。

我對其中的關聯大感好奇。

「由那一刻開始，怨靈到了某個時間就會大規模地對歐尼斯特進攻，但目的都是龍與少女像，其他地方甚至去也沒去過。」

頓了一頓，夏洛克續又說道：「我再去翻查過資料，發現居然有段長達幾百年的空窗期，而且和石像消失的時間是吻合，也難怪普通的報告都變成了機密。」

「所以，那座石像還在嗎？」世音插嘴說道。

「還在。」夏洛克點點頭，「那時我是直接撐到皇都的支援來，才以最前線的身分回來這裡。」

「就讓它們拿走石像讓不就好了嗎？」世音不解地表示。

「女孩，那怨靈也襲擊過你們吧？」夏洛克面無表情地反問：「你仔細想想，如果把石像讓給它們會發生什麼事？」

「不知道。」

「對，就是不知道。」夏洛克嘿然冷笑，「怨靈已經對歐尼斯特造成嚴重的破壞，若讓它們拿走石像，後果就是不知道。」

我嚥了口口水，不由脫口說：「如果破壞那個石像呢？」

「後果也是不知道。」

夏洛克轉開了目光，神色有些抑鬱地說道：「但我每次想破壞這裡的石像時，不是怨靈都會剛好現身，不然就是一堆意料外的問題。例如，我永遠都不能前進。」

「那，破壞歐尼斯特那個不就好了嗎？」世音反問。

「就是因為破壞的後果就是不知道，所以，我才向皇都的支援要求保護好那石像，並隱瞞了石像的事。」

夏洛克偏過頭，神情有些狡獪地朝我眨眨眼，「我只不過是順應了那班高官，改成用極機密情報向皇都報告。所以基本上，沒有人知道這裡有石像的事。」

「所以你特意來這裡，就是要破壞它們吧……還是？」

「冬司，你猜對囉！」夏洛克說道：「只不過直到六年之後的現在，我還是陷入一個解不開的難題。」

「難題？」

「就是這裡就像被誰施下了結界一樣，我永遠都前進不了，但只需一步，我就能走回來，不知道是我自己魔力不足，還是有其他限制……總之，冬司你來對時候了。」

蒼老的眼中精光一閃，夏洛克像是喃喃自語地說著：「連維爾也限制你使用魔力也真的太好了……」

「冬司！有聲音！」倏然，月兒的低吼拉回了我的思緒。

我們立即停止了對話，往前一看，只見森林間浮散起一股黑氣，像風一樣吹拂著樹葉，向那三座石像之間湧去。

頃刻間，無風的森林好像變得更為寒冷。

「冬司……」月兒不停地呢喃叫喚著我。

我撫摸著她的頭，隱去兔子耳朵然後為她蓋上了帽子。

卡娥絲……

陡然，某種聲音從我心中發出來，那是一道陌生的聲音，不停地呼喚著卡娥絲，卻好像十分痛苦似地……

「冬司，你聽到了嗎？卡娥絲的名字……」世音抖著聲音，神色緊繃地瞪著前方。

「嗯。」我仰頭望向那流動在森林中的黑氣。

黑氣在石像之間形成，而後開始凝聚著成腳、身體、四隻手，最後是頭，數量總共是四個。

「這還真的是前所未見過的情況哪！」夏洛克平常沉穩的語氣變了，「那麼少年，我把一切都賭在你身上，盡情使用魔力去把結界轟個稀巴爛吧！」

他的神，情就像真正上到戰場上一樣狂暴起來。

怨靈那仍然站在三個石像面前，望著天空不動著。

我們也同樣不動聲色地埋伏在樹後。畢竟，四隻怨靈不是小數目，絕不是那麼容易對付的。

卡娥絲……

儘管看沒到它們的嘴沒有在動，但那聲音就像在心中散發出來一樣，仍然清晰可聞，令人感到毛骨悚然。

夏洛克把視線投向我。

我向他點點頭，跟著望向身後的世音和月兒。

世音的右手拿著長管在弩口一扭，確認長管扭實了之後，她也向夏洛克豎起了三隻手指，打出「我可以了」的手勢。

「那麼，開始吧。」半高舉左手的弓弩，夏洛克架箭上弦後看著我，「冬司，使勁把火焰依附在這支箭上，同時，試著強行把結界打破，靠你了！」

我遵循他的意思，想像著箭因為我的魔法而令它的箭頭冒起火焰，而且，我的火能夠讓它推進。

我「用力」地集中精神想像，而那支箭也像是回應我一樣愈來愈快，直到撞到前面看不見的「屏障」，那支箭就在我沒有想像的情況下爆炸開來，就像撞到什麼一樣。同時，空間好像出現了一道裂痕。

「妳叫世音對吧？跟我一樣把箭射出去吧！」夏洛克面無表情地又抽出一支箭，指揮著我們的行動，「冬司，你能夠把魔力全數『用力』地依附在箭上嗎？」

「應該可以吧。」

「拿出自信來！」夏洛克低喝：「快說！你的魔力可以依附幾支箭！」

「大約五支……吧？」

「還真是不錯的程度哪……」

夏洛克把弓橫擺，從箭袋幼中抽出三支箭，「是把昨晚的特訓成果拿出來用的時候了，世音，盡量配合冬司的想像吧！」

話一說完，他放開手指緊扣的那根弓弦，五根箭瞬間從半空中射向前方。

「冬司，快啊！五支箭可沒法射得很遠！」夏洛克喝道。

我依循他的指示再次想像，而那五支箭就像真的如同被我的魔力附身一樣，違反了物理定律，從拋物線的軌跡中被我拉起，更加快速地向前方射去。

頃刻間，難以想像的爆炸揚起了煙塵。

「兔耳的，把雷轟向石像吧！」夏洛克又是大喝一聲！

月兒召喚的白雷立刻向前迸射而出，電光石火一瞬間所引發的爆炸，讓煙塵更為濃密，影響了能見度。

「結界……被破壞了嗎？」

眼前的景象沉靜得可怕，我不得不繃緊了神經。

「盡量散開。」夏洛克壓低聲音囑咐我們。

我聽了立刻向著右手邊的方向走去。

世音和月兒都跟在我身邊。

此時，空氣中充斥著美麗卻莫名其妙的光點。

沒多久，那堆煙塵突然同時被散開，只見一道灰色的身影從裡面猛衝了過來，掠過我們的身邊，撞上了我們身後的樹木。那威力無比的撞擊力，如果不是夏洛克的指示，我相信我們肯定被撞死！

和那巨大的身體完全不成正比的高速衝撞，威力實在太恐怖了。

灰色怨靈接連撞倒了幾棵樹後，終於站穩了身子。

我冷不防感到脊背一寒，像是有道看不見的目光，正在注視著我，很可怕……那感覺很難以形容，即使是有夏洛克這個豐富經驗的魔法師在身邊，我仍感到那股無止境的寒意就充斥在心裡，就跟前幾天一樣。

「該說它們有靈性嗎？」夏洛克嘿然冷笑，「我確認過身後了，只剩下一隻怨靈，其他的搞不好已經埋伏在週邊了。」

聽到夏洛克這麼說，我實在很想把頭轉過去確認一下，但只要一想到可能當我把頭一轉，眼前的怨靈就會撲上來襲擊，我根本不敢把視線移開。

總之我們處於四面受敵，只要一動就很可能會被殺，不過，那怨靈卻也一直沒做出下一步的動作。

唯一可以肯定的是結界應該被打破了，如果以剛剛的光點來判斷的話。

「我數三聲，你們三個人就先引開眼前這隻怨靈的注意吧！至於身後那隻——」夏洛克拋下弓弩，指尖凝聚出三道白光，「你能夠幫忙的話，就盡量幫吧！三！」

猝然，三道白光如銀刀劃破空間！

眼前的怨靈立刻咆哮著向夏洛克疾衝過去。

「太突然了吧！」我低咒了聲，趕緊在雙手之間注入魔力，向那個怨靈扔出火球。世音跟著也放出了一箭。

受到雙重的攻擊，怨靈立刻就被我們給擊倒了。

我不禁暗鬆了口氣，然而就在還來不及防備之際，冷不防聽到一陣電流的吱吱聲響，月兒的身體泛著白光，爆出的白色閃電射中向我襲來的怨靈。

因為被命中，怨靈巨大的身體一下子僵直住。

我赫然才驚覺過來。「月兒，謝謝。」

若不是有月兒在身邊守著，方才在我稍有鬆懈的那一瞬間，很可能已經成為怨靈的第一個犧牲品了。

「冬司，抓緊機會向石像前進！目的是破壞它們。」夏洛克喊道。

我轉過頭一看，他不知何時已經跑到石像附近了。

而那被白色閃電擊中的怨靈顯然也因此而更為地焦躁，發出了一陣驚人的咆嘯聲，後，轉過身向夏洛克猛衝了過去。

「月兒，你去幫忙夏洛克吧！世音，我們先解決眼前的怨靈。」

「我知道了。」世音扭轉過弓弩，三箭連珠射向怨靈。

同時，我盡量把想像中的魔法陣範圍縮小依附在箭上，魔法加持的火箭一舉擊中那怨靈。

怨靈的身體被打到失去平衡，火焰在命中它的身體時卻立刻被黑氣吞噬，箭矢也像是因為皮膚太硬的關係而被彈開！

「為什麼會這樣？」

我心有不甘，手中再度凝聚出焰刃向它刺去！

焰刃的刀鋒瞬間被撞開，對怨靈沒有造成一點傷害。

重新恢復平衡的怨靈四手揮舞，巨槌如旋風般從我頭頂砸落！

我下意識地把身體旁邊翻滾，就敲在我剛剛才身處的位置，同時，數支箭再度被彈開掉落到我的身邊。

「笨蛋！快逃啊！」世音一臉焦慮地催促著我。

我駭然轉過頭望去，只見怨靈手中舉起的巨槌如巨石迎面掃落，想避開已經來不及，我只有絕望地閉上了眼睛……

……我不想死，明明說過要保護大家；明明跟月兒說好要一起回到原來的世界，我不想死，真的不想死！但，身體動也動不了啊……

「不要！」月兒發自內心的吶喊聲，倏然撼動了我的心。

我猛地張開眼睛，只見一陣紅光在眼前閃爍了一下，緊接著，就感到一陣黑色的液體濺在我半邊臉甚至身體上。

我仰起了頭，只見那怨靈握著巨錘的右手不見了，左手正按著巨大的傷口，發出淒厲到極點的嘶吼，同時，另一邊的怨靈也發出了一陣慘叫，胸口被破了個洞。

「笨蛋！你差點就死了耶！」感到衣領被某個人扯起，我仰起頭，只見世音氣急敗壞地望著我。

「對不起。」

「明知道打不過就不要戀戰啊！特訓時維爾的囑咐都忘得一乾二淨了嗎？」

氣急敗壞的怒罵聲倏然哽住，世音瞪大了眼睛望向我身後，「蛋白怎麼了？從剛剛開始她的頭髮變得很紅，還一直向你那隻怨靈走去。」

我猛地轉身一看才，只見月兒真的向剛剛我應付的怨靈走了過去，高舉起右手，緋紅色的長髮如火焰般飛舞！

「不要傷害冬司。」

轟——紅雷連同一陣衝擊迎面而來！

我和世音都被那衝擊給吹飛，直到感到背後傳來的痛楚以及著地的感覺，我才能夠重新睜開雙眼。

那道紅雷消失後，紅雷所擊落的位置，積雪消溶只剩下被嚴重烤焦的大坑。

「那真的是蛋白嗎？真的是平常柔弱的蛋白嗎？」

「是！她的確是我和妳所認識的月兔……蛋白。」

世音的手一直沒有放開過我的衣領，她的顫抖、她的恐懼，我都實在地感受到了。

只不過一道紅雷，就把怨靈殺掉，覺醒後的月兒，力量實在太過驚人，現在一回想，如果那天真的打中艾絲的話，想必死去的反而會是她。

但，如果是因為我面臨死亡而激發到她的覺醒，為什麼在訓練裡卻沒有覺醒？

「吼——」

冷不防又一陣暴怒如雷的吼聲，拉回了我的思緒，原本正與夏洛克纏鬥的怨靈，突然甩開了夏洛克，回頭朝月兒直衝過去！

「月兒！」我想也不想地就想衝上前。

「冬司，等等！」是因死命地拖住我的手，「難道你想去救她嗎？」

「那是當然啊！妳快放手——」

「不行！」世音咬著唇，不管不顧地抱住我，「別過去！你一出手也許會妨礙到月兒……你別去！月兒、月兒的力量應該能夠把怨靈都消滅掉……」

「就算這樣，我也要去幫她啊！她是我最重要的兔子！而且，她會暈倒的！那種魔力，可能在下一刻她就會暈倒！上次在跟艾絲的戰鬥時，幸好完結之後才暈倒，不然死去的是我們啊！」

甩開了世音的手，我轉身向月兒的身邊跑去。

月兒向怨靈伸出了手。

我也向怨靈伸出了手，在它前進的直線路徑上，我想像了數個紅色的魔法陣，立起火柱，這個路線，已經不用怕會影響到樹林了。

但，就在我以為看到紅雷迸射而出，我卻聽到重物倒地的聲音。

「月兒？」我轉過頭，月兒就昏倒在地上，髮色又回復到跟平常一樣。

「不要！」我立即抱起了她，還來不及脫離，怨靈卻已經迫近眼前。

「快一點！」

千鈞一髮之際，破空的箭矢射穿了怨靈揮擊下的手掌，怨靈在箭勁的作用下踉蹌退開了幾步。

「笨蛋！別發呆啊！快逃——」

世音高聲喊叫著，手上毫不間斷地上箭、扣弦，我回過神來，連忙抱著月兒竄出大坑，盡可能把月兒拖離了戰線。

安然把她放到世音的身邊後，我查看了下她的狀況，剛剛的紅雷，看來完全消耗了她的魔力，不過所幸沒受什麼外傷，只要好好睡個一覺就可以恢復了。

「箭剩下不多了。」世音淡淡地說道，右手不斷地重複著放箭的動作。

「替我照顧好月兒。」

我一把將世音拉退到身後，手中再度凝聚出一把焰刀，迎面直擊。世音的箭既然能夠插進它的身體，我的焰刀，應該也有同樣的效果。

「這就是覺醒嗎？」

夏洛克無聲無息地出現在我們身邊，眼中精光閃動，「有思念的覺醒，果然比起那個莉莉絲看起來還要強多了。」

他說著，向世音遞過了一些箭，「總之現在剩下的，就是保護好妳身後的兔子，不要離開這裡半步。一旦離開一切都會完蛋，對你們來說。」

「所以，你就要拋下我們離開嗎？夏洛克？」世音面無表情地反問。

但夏洛克沒有回應她。

「畢竟，我們跟你毫無關係啊……或者我們就在這裡全軍覆沒，對你來說更好是吧？」世音卻不肯善罷甘休，語氣尖銳地質問。

「為什麼總是針對我呢？小妹妹，我走了的話，接下來會很沒意思的。」夏洛克不冷不熱地說道。

「也對……我記得你說過消滅它們之後，就是你準備被冬司殺掉的時候啊。」世音冷冷說道。

「妳知道就好。」

「所以，你為什麼要急著尋死呢？」

世音打橫弓弩，架上箭，箭尖卻是對準夏洛克。

「要來了……」夏洛克視若無睹，眼神只看著我，「冬司，快使用魔法！」

說時遲、那時快，巨錘迎面而來！

我擲出火球彈開那把巨錘，只見怨靈毫不退縮地衝了過來，即使是失去武器，也要用手刀向我們發動攻擊。

而在它舉起手時，夏洛克和世音同時向它射出了一箭，同時，我也把形成在雙手的炎刃伸長，向它開了洞的胸口刺去。

頃刻間，黑色的液體從傷口不停噴出，我們也硬接受這種帶來詛咒的黑色液體，頹然倒地的怨靈急撲向前，雙手各自向我和世音、夏洛克壓去，像是想要把我們壓死。

連同它的體重，我更加感受到它受怨念所驅使的力道。

我用想像凝聚出一道火牆，將我們三人阻隔在火網與怨靈散發的黑氣之間，苦於無法掙脫，只能不斷地消耗魔力。

『卡娥……絲……』

想不到，它居然開口說話了。

……為卡娥絲而生的怨靈嗎？

我倒抽了一口氣，把火焰燃燒得更為猛烈，「怨靈！滾回去你的地方去！」

「冬司……我……不行了……」

「世音，別這樣，撐下去啊！」我急切地說道。

「對啊，在這裡戰死對妳來說太不值得了！」夏洛克卻是一派從容自若地說道。

我明知道不該冀望他可以援手，但我就算擁有再多的魔力，我也覺得開始乏力，我的體力好像也到盡頭了。

「夏洛克，幫……」

我不得不開了口，聲音裡透著祈求。

就在這時，我聽到一道聲音充滿朝氣、力量的聲音——

「月兔！喔、喔喔喔喔——」

迅雷不及掩耳，金色的雷電打到怨靈的背上。

趁它僵直了身體的時候，我們三人總算得以利用這個空檔離開。

「好可憐喔！冬司你這個笨蛋，到底對月兔做了什麼啊！」

輕快飛揚的聲音從身後傳來，我立即望去身後——是艾比！不對！

「月漓？」

她雖然用眼罩遮著左眼，原本紅色的眼眸卻變成了金色，就算如此，那一身黑色的洋裝直接表明了她的身分。

「害月兔變成這樣的傢伙，沒資格叫我的名字！」月漓從我懷中搶過月兒，忿忿地瞪著我。

「是嗎？」夏洛克插嘴提醒：「但，我也有份害她變成這樣子啊。」

「呃……那個……夏洛克是例外的啦！」月漓頗不甘願地說道。

「先別說這些了，為什麼妳會來這裡？」夏洛克玩味地看著月漓，「秋呢？妳不保護她那由誰保護她？」

「那個地方很安全好嘛，而且比起那個人，我更想要保護月兔啊！」月漓輕撫著月兒的睡臉，嘆道：「明明就感受到屬於她的強烈魔力，但又突然消失了，果然，她真的出了事嘛！」

「是啊……但我也沒想到連妳也覺醒了呢！」夏洛克若有所思地說道：「超越了思念的覺醒嗎？我印象中妳和秋沒有接吻啊……」

我倒抽了口冷氣，腦海裡浮現出媽媽和月漓接吻的畫面，心跳頓時停了好幾拍！

「人型化之後，我的初吻可是留給月兔的耶！」

月漓撇撇嘴，「說什麼覺醒這種帥氣的詞啦！反正感受到月兔魔力消失，我擔心得就要跑出來，所以當那個女人說要讓我來，我當然高興得整個人都充滿力量！」

「嘿──有靈性的動物真的很有趣！這下子，我死而無憾了。」夏洛克忍不住放聲大笑。

這時那個怨靈再度發出了暴怒的吼叫，明明受了很重的傷，它還是從僵直的狀態下掙脫了。

月漓頭一偏，指向那怨靈，「不過歸根究柢，是那個噁心的傢伙害月兔這樣子吧！」

「是啊。」夏洛克點點頭。

「這種程度的傢伙，不用三兩下就解決啦！」黑兔子大發豪語。

我不禁暗翻了個白眼，居然說三兩下就解決……要不是我們和月兔的讓她受這麼重的傷，輪得到妳來補刀嘛？

「那麼，順便把那邊的石像破壞掉吧！」夏洛克指著那座龍與少女像。「當然，妳先去破壞也沒關係。」

「我明白了！我的恩人！現在是報恩的時候囉！」月漓活潑地喊叫了幾聲，縱身一跳，往那怨靈衝了過去。

「可別只讓她出手，我們也要做些什麼。」夏洛克說著，舉步向那三座石像走去，卻不料，突然痛苦得抱著雙手跪了下來。

「怎麼了嗎？」我走近了他身邊向他問道，隱約看到他的手很紅，握緊的拳頭甚至出現了暗紫色的瘀傷，就像快要爛掉一樣。

「看來，剛剛承受怨靈的重量時，這副老骨頭承受不了啦……」

「傷到這種程度，要撤退嗎？」

「我想不用。」夏洛克搖搖頭。

世音也走過來，向夏洛克遞出了個盛載著透明液體的小瓶子，那是——

「我都忘了有這種藥了！」

夏洛克哼笑了笑，「不過，這藥就留給妳自己吧！妳的手也很紅唷。」

「怎麼？你的手不方便拿是吧？」世音高舉起藥瓶，眼神挑釁地看著夏洛克，「這是要淋上雙手的嗎？」

夏洛克像是覺得有趣地看了她片刻，說：「這種傷口，大概要喝下才行。」

世音二話不說把瓶塞扭開，放到夏洛克的嘴邊。

他順著世音的意思仰起了頭，喝下藥，一瞬間，暗紫色的瘀傷居然消退了不少。

他試著擺動了下自己的手，接著也拿出了兩瓶藥出來，一瓶遞回給世音，一瓶自己喝下。第二瓶也喝下後，他的手就恢復原狀了。

「這未免太神奇吧……」

「對你們來說用神奇兩字都差不多了。」夏洛克站起身，朝石像走去，「好了，冬司，別發呆了！這段時間，我們也嘗試去破壞石像吧。」

世音在他背後扮了個鬼臉，也一口氣喝下了藥水。

「呸！咳、咳咳——」

見她整張臉一下子扭曲了，手都捂住了嘴巴猛咳似乎想要把藥水給嘔吐出來，我連忙又走回她身邊。

「沒事吧？」我拍著她的背關切地問道。

「看他一口氣喝下還以為沒什麼的原來……苦得要命！」

「有句話說苦口良藥啊！」

「這算是玩笑嗎？不過剛剛有點痛的雙手都好像沒什麼事了。」她深呼吸了一下，甩甩手，「你快去夏洛克那邊吧！蛋白就由我替你保護著。」

「謝謝。」我站了起來，往夏洛克的方向跟上過去。

半途，怨靈巨大的身軀冷不防翻滾至我的身旁，雪也因為它的身軀而被劃起了些雪塊。原本勢如猛虎的怨靈倒在雪地上，完全失去了戰意。

「這樣就完了嗎？」金色的閃光持續擊落到怨靈的身上，雷聲夾雜著月漓愉悅的笑聲，黑色的髮絲飛舞飄揚，「不是一直在欺負月兔一行人嗎？我可要你為這種事負上責任喔！」

這隻兔子，未免太過好戰了吧？

我忍不住搖頭，明明，兔子應該是種十分膽小的生物，可比起溫馴的兔子，月漓更像隻兇悍而好戰的格鬥犬。

「還沒完喔！你這個怪物！喔哈哈哈哈哈！平常你惹麻煩就算了啦，現在竟然惹上了我的月兔耶！」

雙手握成拳頭，冒著金光的雙手用力猛錘到怨靈的身上，月漓奮力地給予怨靈一擊，「你就後悔惹上不該惹上的人吧！」

那道金色的雷也比之前的還要耀眼，怨靈終於承受不住，身體立即化成了黑霧消失在月漓的腳下。

「很厲害……」世音呆愣地望著月漓的臉。

大概是因為剛剛的猛烈攻擊，月漓的臉上也黏著一些黑色液體，那些黑色液體就好比是怨靈的血，而她像是個剛從兇案現場走出來的兇手，看上去，比平時更為猙獰、可怕。

我忍不住感到疑惑，就算月漓來到這個世界比我們還早上一個星期，但以前只是兔子的她，是藉由怎樣的訓練才能夠有這種實力？

莫非，夏洛克把戰鬥方式連同魔法都刻進了她的腦中？

「喂——那邊的月漓！」

「夏洛克！我明明還沒玩夠這傢伙就死了啦！」月漓吶喊著，回應站在遠處的夏洛克。

剛剛的戰鬥只是玩玩而已嘛……我忍不住皺起了眉。

「是嗎？不過趁妳還有意識，妳就先過來處理一下這三個石像好嗎？」夏洛克渾不在意地說道。

「不要！」月漓把頭一甩，拒絕得十分乾脆。

「如果不處理的話，妳的月兔又會陷入危機啦！」

月漓一聽，立刻睜大了金色的眼睛，充滿殺意的眼神射向夏洛克的方向。

「我可沒騙妳！」

月漓用力一個跺腳，眨眼間奔向石像，雙手再次發出金色的光芒，向石像擊出拳頭！石像雖然被擊中，但周圍好像有空間扭曲的狀況產生了波紋，月漓瞬間就被彈退，在雪地上滾了一圈方又站起。

「喂……小狗，妳的能力應該還在，借一點給我好嗎？」

月漓雙手的光芒更加耀眼，讓我幾乎睜不開眼睛，好不容易等我的雙眼習慣，再度睜開時，就只看到剩餘的石像完全瓦解。

「很累啊……」月漓突然無力地躺在雪上，是因為魔力消耗過多的關係吧……

我衝過去抱起了她。「辛苦妳了，也謝謝妳救了我們。」

「帶我到月兔的身邊，我就原諒你吧。」

我苦笑了一下，照她說的打算抱起她。

「快逃！可能很危險！」冷不防，夏洛克突然大叫。

我立即抱起了月漓，無視她的投訴，硬把她先帶到月兒的身邊再說。

「冬司，你快看那裡！」

這時，世音突然指著我的身後，夏洛克的方向。

我回頭一看，只見那些還在天邊圍繞不去的黑霧紛紛往被破壞的石像們飄去。

我一咬牙，將月漓交給世音後，轉而又向夏洛克跑去。

「你還過來幹什麼？快逃啊！」

「你跑太慢了！把手伸過來吧！」我向他伸出手，硬拉著他奔離。

身後的黑霧中傳來一陣低吼，隨著陣陣雷鳴般的聲音，黑霧高速往天空升去。

「到頭來，我的假設是錯的嗎？」

夏洛克不由停下了腳步，呆呆地望著灰白色的天空。

「假設？」我也跟著停下了腳步。

破壞此地的石像是由他提出的，現在破壞石像之後的後續，就是怨靈化成的黑霧，往某個方向飄過去，那麼……

「那麼……那個地方是？」我忍不住倒抽了口涼氣。

「歐尼斯特……就是歐尼斯特啊！可惡！居然會發生這樣的事，居然不是以破壞媒介的形式，在此地觸發戰鬥嗎？」

拳頭猛力地打進另一隻手心。夏洛克深鎖著眉頭，「既然這樣，為什麼母親會如此支持我這樣做啊？」

眼前的人，完全不像我平時所看到的夏洛克，已乎失去了平常的威嚴，只是一味站在原地自責。

母親支持你這樣做？你不是被龍族追殺的嗎？

將滿腹的疑問嚥下，我用力地抓著他的肩膀，「夠了！這一點都不像你！」

「你懂什麼？我沒有了以前所擁有的魔力，還幾乎用上兩隻主要戰力的半條命……」夏洛克的眼神充滿沮喪。

但那又如何？

「也許我根本什麼也不懂，但這個時候不是該先到歐尼斯特支援嗎？就算不去支援，我相信至少還可以去做點什麼，但你居然在這裡自責？這不像你啊！平常的你去了那裡？」

情緒激動下，我忍不住出手打了他一巴掌，「那個像是充滿威嚴的你去了那裡？如果你要魔力的話，我身上的魔力又是什麼？」

這一巴掌我本不期望能夠碰觸得到他，然而卻結結實實地揮到了他的臉上。一瞬間，我忍不住愣了，望著自己的手，我打了他……我終於碰觸到了他？

「就連夏娃也沒有打過我啊……」

夏洛克撫摸著臉頰，扭過頭，視線始終沒有正視著我。

「現在是該說這種話的時候嗎？」我不禁想再打他一次，認真地想把他打醒。

但他接住了我的右手，握著我的手腕，「也許你說得對，或許我老了，才會有這種消極的想法，但就算去到歐尼斯特，我想也是半小時之後的事了，到時……」

冷不防，天空又是一陣巨響，歐尼斯特方向的上空形成了一陣烏雲，眨眼間，就覆蓋至我們所身處的上空。

「就算懷抱著希望，但我們也不可能在半小時以內趕到過去，而半小時之後就算趕到，那邊……都已經不知道在發生什麼事了。」夏洛克苦笑。

「就算不知道那邊將會發生什麼事，但，我相信他們。」我認真地看著他。

「相信……他們？」

「昨天，我見到流馬了，你應該記得他也跟我一樣是操同使，而且也比我強多了！就算這樣的程度對你們來說是微不足道，但，我依然相信他。」

「兩個操同使同時來到這個世界嗎？」夏洛克長笑了三聲，同時，在一片漆黑的雲中心，向地面打了一道黑色的雷，化成了一條巨大的龍——黑色的巨龍就站在那個歐尼斯特的地方。

與我們這世界的傳說一模一樣，如蜥蜴般的超巨大的身體頂天立地，擁有著象徵惡魔的類蝙蝠翅膀。

就在這時，我感受到一股光芒，只見天空的薄雲在豔陽般的光芒照射下散開，緊接著，紅色的巨型生物彷彿從雲上降臨下來。

它的外表，就跟站在它面前的黑色的龍一樣，但很神聖，就像神一樣。

相比之下，黑龍在被稱為「母親」的紅龍面前只是一片混沌。

「『母親』？」夏洛克幽幽喚道。

只見「母親」對著那類似著龍形的黑色混沌的長頸噬咬過去，黑色的混沌在發出一陣像痛苦的吼叫後就再沒有做出任何的舉動，脖子連同身體只一直僵直著，就在這一瞬間，由「母親」的身體開始，我眼前的視線突然一片空白，身邊的樹和雪彷彿快要消失了一樣，身邊的世音和夏洛克的身影也漸漸消失。

就連月兒、月漓也被這股白色的光芒吞噬過去。

「世音！夏洛克！」我呼喊著，但卻連聲音也跟著被埋沒，意識開始變得混沌。

視線，純白得混沌。

這個世界，就彷彿只剩下純白。

天很冷，在絕望性的差距之下，夏洛克仍然仰頭望著牠，站立在世界頂點之上，受人類崇拜而嚮往的對象。

……夏洛克。

「龍之母……我開罪了妳，要審判的話我無所謂。」

龍並沒有回應，全黑色的眼睛凝視著眼前名為夏洛克的老人。

夏洛克老人放棄了對視，低下頭把雙眼閉上來。

……夢。

龍之母開口吐出著第一句話，不是追究以前的事而是那個單字。

老人睜大了雙眼，原來……傳說中的存在也會做夢嗎？

……你知道那個夢的存在吧？

密集的資訊在老人的腦海湧現，他痛苦得雙手抱頭，而這些映象資訊，就是那個夢的內容。

……這個夢，不是來自這個世界。

「不是……這個世界？」

一切回復正常後，夏洛克混亂地望著「龍之母」，不敢相信自己的雙耳。

雖然學界之中也有著「世界概念」，但是這種未被證實的東西，沒想到，就由「龍之母」的口中親口肯定地說出來。

老人哼笑了一聲：「就算那個世界、那個景象真的存在，我還可以做些什麼？告訴我啊！『母親』！」

……我想知道你的想法。

「龍之母」把頭伸到夏洛克的面前。

這樣簡單的一句陳述，讓她更為憤怒。

「……妳在玩弄我嗎？」他如此心想。

可就算深深知道這就是事實，他根本沒有面對的能力。現在，「龍之母」正向他詢問一個簡單的問題，而一個更為清晰的答案，就在他心中浮現出來。

「大概是因為在世界某處，絕望總會不停上演著，即使我想幫這世界上的每個人，但在我有限的力量之下，根本什麼都做不到。」

至少在絕望之下，這種單純助人的想法永遠不滅。

以前在夏娃還在時，她總會依賴著卡娥絲；即使她什麼也不懂，面對什麼都很呆滯，唯獨只有卡娥絲在受傷時，總會第一個走到她的身邊，協助哭泣的卡娥絲。也整天待在卡娥絲的身邊。

在他有危險時，即使在絕望性的差距下，也以他的保障為先。

她就是因為保護他而死去。

最後的那個表情，他是永遠都不能忘記。

就算他放棄一切，這種心情在內心的深處因為夏娃的原故而蠢蠢欲動，現在的他，只是毫無能力把這種心情繼承下去。

因為想要模仿「龍」，但是卻被「龍」的複製品把複製品殺掉。他敗給了人類的慾望，也敗給了因為模仿而帶後的惡果。

……我相信你。我也願意協助你。

「龍之母」把頭仰回虛空。

……我會把一切都賭注在你的身上；再次賭注在人類身上。

我想在你的身上，證明人類的慾望可以去到那裡。

夏洛克愕然地睜大了眼睛，已準備面對死亡的他，完全不敢相信自己的耳朵。

——to be continued

後記

也許是最後，也許還未完結。

這次就是第三本了。

是世界末日的十二月喔！這個世界末日跟我的的處境還真一樣。也許是最後，也許還未完結。不過期中考對我本身來說已經是幾乎了結我的事情了。

在寫這篇的時候也是上年的這個時候。編寫時間橫跨了四個月（由十月開始寫），中間還在想應該硬加入幾個獸耳娘（或是獸耳美少年）和像艾絲一樣的人令故事延長嗎？畢竟就算面對可愛的女生或是男生，個人的慾望也會蓋過眼前可愛事物的慾望喔？就跟艾絲一樣。

但是，不想繼續下去了。趁可以爽快地完結的時候不如爽快地完結。起初不想對角色們留下遺憾而硬著頭皮寫下去，一整個加速了劇情的進行，無視了其他參加者的意願。就算當初以出書為前題，想其他由讀者的同人或是腦補完也好，畢竟我對人性的認識還不足夠，很多都是我對任何人和任何事的偏見和偏激想法……就算看過頗為多本心理學書籍也好，也改變不了我的直向及單方向思考。

一件事要用兩個人，甚至是多人角度出發，對我來說，很痛苦。

加上人物的塑造我還是很不濟啊，如果不是用「俺」來區分的話，總覺得這個故事就有兩個冬司。

而且，刻意就是刻意。

我可不想創造更多的艾絲出來。

她的存在對我來說是一個刻意的存在，也許面對她的處境的人是有的，也許就是沒有的，她的任何人的偏激看法其實跟我很像，只是把自己的看法表現得更為偏激和誇張罷了。但沒有了她，加速把劇情運行也變得不可能了。

話題好像有點拉遠了吧……

起初寫的時候就算跳著寫省略了許多，初稿都幾乎有十萬字！好了，改成了出書版本的的初稿時，還未進入戰鬥階段已經用掉了六萬五字的篇幅。是我用詞不好用三段來解釋一個畫面還是過度描述和解釋，我想兩者都應該擁有吧。

（閒談模式）聽到出版日期是二十六日，就是世界末日之後的五日……嗚哇！是二十六日耶！其實這一年之前我都幾乎沒有認真地過聖誕，反而因為別的工作關係都是看別人在過聖誕節，從有了記憶的那一刻開始到這一年才是真正的一次過聖誕，而且同時也是第一次出書（同一系列就當作是第一次吧）的日期，這一年的聖誕就算自己一個去渡過都同樣有夠難忘了……呃，如果說二十五號才是聖誕的話，我就會說二十四到二十六都是聖誕節。

那麼就祝各位聖誕疊跨年快樂。

如果跨完年之後不用回校考試的話，我就真的很快樂了（Q_Q）

竹日白

輕世代
FW009

鶴求你這老不死的現在是怎樣啊啊啊——

才正要展開青春高中生的生活，胡離姬的過敏體質卻突然惡化，而驅妖體質的沈霽也在學校對有妖怪血統的同學做出攻擊行為，校醫為了恢復他們的正常校園生活，決定冒險讓他們過去「那一邊」找神醫鶴求。

可……那位童顏老頭開口的第一件事，是要兩人到山上採仙草，他們是只有半妖血統的人類小孩啊！為什麼要在「這一邊」跑給三腳牛群追！

就算他幫我老媽產檢還讓她轉生為人，
但這還是不能阻止我罵他老不死的因為梟山它X的好可怕呀——
大受好評的番外篇！離姬的爸爸與媽媽相愛相殺番外篇火熱連載中！

葛貓 著 Izumi 繪

三日月書版

輕世代
FW007

變身吧!!替身公主

草子信 著
夜風 繪

戀愛副本 魔法插班生 2

要她犧牲色相、代替落跑公主上花轎？
這任務……根本就是玩她的吧！

雖然這個遊戲的設定已經很詭異了，但克莉絲多沒想到，半夜出現在絕對安全的希瓦那學院裡，客串餓肚子妖怪的殷國「公主殿下」，比那些被統稱為魔獸的生物更加不正常，不但把她的咖哩飯扒光了，還打算逃婚，而且幕後的策劃人，居然是希瓦那學院專職躲貓貓，總是看不見人影的學生會長……

而她的任務最新指令，不但是要充當公主的影武者保鑣，還要親自變裝上陣，大玩臨演客串……

在遊戲裡面體驗人妻的生活！阿娜答還是四隻腳的魔獸君？
現在，到底是在上演哪齣狗血泡菜劇啊啊啊？

三日月書版

高寶書版集團
gobooks.com.tw

輕世代 FW013
出包魔法使03

作　　者　竹日白
繪　　者　白冬
編　　輯　王藝婷
排　　版　彭立瑋
美術編輯　陸聖欣
出　　版　英屬維京群島商高寶國際有限公司台灣分公司
　　　　　Global Group Holdings, Ltd.
地　　址　台北市內湖區洲子街88號3樓
網　　址　gobooks.com.tw
電　　話　(02) 27992788
電　　郵　readers@gobooks.com.tw（讀者服務部）
　　　　　pr@gobooks.com.tw（公關諮詢部）
傳　　真　出版部　(02) 27990909　行銷部 (02) 27993088
郵政劃撥　19394552
戶　　名　英屬維京群島商高寶國際有限公司台灣分公司
發　　行　希代多媒體書版股份有限公司/Printed in Taiwan
初版日期　2012年12月

國家圖書館出版品預行編目(CIP)資料

出包魔法使 / 竹日白著. -- 初版.
-- 臺北市：高寶國際, 2012.12-
冊；　公分. --
ISBN 978-986-185-793-0(第3冊：平裝). --

859.6　　　101013329

三日月